JN003797

山の霊異記

ケルンは語らず

安曇潤平

角川文庫
22240

序文

山に登るとなぜか自然に詩が浮かんでくる。
たとえば。

不帰《かえらず》の嶮《けん》を越えて白馬岳《しろうまだけ》まで縦走する予定の前日、唐松岳《からまつだけ》のテント場でその光景を見て、僕は明日の山行などどうでもよくなってしまった。

テント場で夕食の支度をしていたら
垂れ込めていた雲が突然流れはじめた
やがて緞帳《どんちょう》が開くように目の前の視界が開け
雲海の上に
屏風《びょうぶ》のような峰々が悠然と姿を現す

さあ山岳劇場の幕開けだ

母がまだ山登りの現役だったころ、ふたりで丹沢《たんざわ》の石老山《せきろうさん》を登り、前を行く母の背中を追いながら見た、夕焼けに照らされて微笑む石仏の顔。

秋の山
紅葉に抱かれた奇岩の上に佇《たたず》む石仏
その顔にこの山の歴史を感じることができる
この石仏はこの場所に
気の遠くなるような長い年月の間佇みつづけ
そして気の遠くなるような多くの人々の業を
眺めつづけてきたのである
僕がそこを通り過ぎる時
石仏が少しばかり苦い顔をしたのは気のせいか

奥秩父《おくちちぶ》の寂しい山を、三日かけて縦走し最後までひとりの登山者にも出会わなかった初夏の岩道。

息を切らし
重いザックを背負ってゆっくりと岩の道を登る
歩みを止めて見上げれば頂きははるかに遠い
空は蒼《あお》く白い雲はゆっくりと流れている
吹き上げる山の風が心地よい
さあ行こう
あの頂きになにかが待っている

柏原新道《かしわばらしんどう》から爺ヶ《じいが》岳《たけ》に登り、冷池山荘《つめたいけさんそう》まで歩いて、明日は鹿島《かしま》槍ヶ《やりが》岳《たけ》に登り、八峰《はちみね》キレットを越えて五竜岳《ごりゅうだけ》まで行こうと、意気込んでテントを張った時に出会った景色。

さっきまで蒼かった空が鮮やかな夕焼けに変わり
僕のテントを赤く染める
街では絶対に見ることのできない空の低さと雲の色だ
あまりにも広く鮮やかな夕焼けに
思わず目を細めた僕の頬を

北アルプスの風が優しく撫《な》ぜた

乗鞍岳《のりくらだけ》から自分の足で鈴蘭《すずらん》高原に下り、一《いち》の瀬《せ》キャンプ場で張ったテントで目覚め、
日が差しはじめたテントから抜けだして見た朝の景色。

朝日が差し込む白樺《しらかば》林の中
野鳥のさえずりが心地よい
たばこを一本吸い終わった僕は
ポケットからバードコールを取り出して
空に向かってキュッキュッと鳴らしてみた
おはよう
今日もよろしくね

三人の乙女たちに誘われ、箱根《はこね》の湯《ゆ》坂道《さかみち》を歩きながら、日ごろの不摂生がたたって、
女の子たちから遅れはじめた時に、額の汗を拭《ふ》きながら聞いた寂《さみ》しげなセミの声。

梅雨明の霧に包まれ

その魅力を際立たせた杉林に
ヒグラシの鳴き声が響き渡り
あたりは幻想的な雰囲気に包まれた
晩夏の夕暮れを連想させるヒグラシが
俳句の季語では秋であることを知ったのは
つい最近のことである

春山で遭難しかけた徳本《とくごう》峠越え、夏にリベンジして登り、やっとのことで力水《ちからみず》と呼ばれる湧き水を見つけた時に心底感じた歓喜。

稜線《りょうせん》で息が上がりはじめたころ水場にたどり着く
岩肌から流れ出る清水を手のひらにすくうと
それは驚くほど清冽《せいれつ》だった
喉《のど》を鳴らして、立て続けにそれを口に含む
指の間から漏れ落ちた雫《しずく》が
太陽に照らされてキラリと光った

8

秋の涸沢《からさわ》カールでテントを張り、その景観に明日の北穂《きたほ》高岳《たかだけ》直登のことなど忘れて、ひたすらビールを飲みつづけたあの日。

山の紅葉が美しいのは
そこが紅一色に染まらないからだ
黄色、橙《だいだい》色、赤茶色
しかしその彩りを際立たせているのは
針葉樹の深い緑である
自然が描く芸術の前では
どんな名画だって見おとりしてしまう

文明の発達によって日ごろデジタルに囲まれた生活を送るようになった現代でも、ひとたび山に登り、そして山に対して真摯《しんし》に向き合えば、太古の時代から日出国《ひいずるくに》に住む日本人ならば、自然と詩が浮かんでくるのかもしれない。

安曇潤平

目次

目次

埋まっていたもの

古くから修験の山として知られる信州《しんしゅう》の戸隠山《とがくしやま》は、二千メートルに満たない標高である。

しかし、その山容は鋸《のこぎり》の歯のように険しく、また、四百万年前から二百七十万年前頃の海底火山を由来とした凝灰角礫岩《ぎょうかいかくれきがん》という特殊な地質のため、岩が崩れやすく常に滑落の危険があり、難易度の高い山として知られている。

登山道の途中には、蟻《あり》の塔《と》渡《わた》りや剣《つるぎ》の刃《は》渡《わた》りといった、尾根の両側が鋭く切れ落ちたナイフリッジがあり、山頂には切り立った八方睨《はっぽうにらみ》が待っている。

飯縄山《いいづなやま》、黒姫山《くろひめやま》、妙高山《みょうこうさん》、斑尾山《まだらおやま》と共に、北信五《ほくしんご》岳《がく》のひとつにも数えられている戸隠山は、また神話の舞台にもなっている。

天照大神《あまてらすおおみかみ》が天ノ《あまの》岩戸《いわと》に隠れた時に、手力雄命《たぢからおのみこと》が投げ飛ばした岩でできたのが戸隠山だと伝えられているのである。

そんな神秘に包まれた山を背に鎮座しているのが、火之御子社《ひのみこしゃ》、九頭龍社《くずりゅうしゃ》、宝光社《ほうこうしゃ》、中社《ちゅうしゃ》の最奥に戸隠山を背にして建つ、戸隠奥社《おくしゃ》である。

　奥社に続く参道には、樹齢四百年を超える杉の巨木が立ち並び、その道を歩くだけで、神木が吐き出す息で心が洗われ、霊験あらたかな気持ちになってくる。

　その戸隠奥社参道の入り口に佇《たたず》む、一七一〇年建立の随神門《ずいじんもん》の側に、戸隠森林植物園の遊歩道がある。晴れていれば、将棋の駒《こま》のような山容の西岳《にしだけ》から続く戸隠連峰を映す鏡池《かがみいけ》まで歩くことができる気持ちの良い遊歩道だ。

　整備された遊歩道の周りは湿原が広がり、春ならば水芭蕉《みずばしょう》が幻想的に咲き乱れ、夏になれば唐松やブナの木を覆うように深い草原が現れる。

　そしてここには、雪深い時期にしか訪れることのできない神秘的な場所がある。草原が雪で完全に埋まった真冬、その上を歩くと、雪のない季節には決して会うことのできない、大王と呼ばれるミズナラの巨木を見ることができるのである。

　今から十年ほど前、菊入《きくいり》はそのミズナラの巨木を拝むために、真冬の戸隠を訪れた。つぼ足で参道を歩き、途中からスノーシューを履いて雪原に入っていく。

　雪がよく締まっていて、あるいはスノーシューなど履く必要もないのではと思いながら歩くうちに、思ったよりも早くミズナラの大王の下にたどり着いた。

その幹の太さは圧倒的で、まさに大王と呼ばれるに相応《ふさわ》しい巨木である。いったいどのくらい前から、この場所で戸隠を見下ろして来たのだろうか。剝《む》き出しになった生命力を肌に感じて、菊入はしばらくの間、その場に佇んだまま何度も深く呼吸をした。

この時期にしか目にすることができない神秘的な光景に満足しながら、眩《まぶ》しいくらいに輝く白い雪原を見渡すと、そこには小動物らしい小さな足跡が点々とついていた。何気なくその後を追って歩いてみると、平坦な雪原の中に、不自然な出っ張りがあるのを見つけた。

スノーシューを履く足で近づいてみると、それは雪原から四十センチほど飛び出した、砲弾のような雪の塊だった。

いったい何だろうと思い、ストックで突いているうちに、雪の塊の左半分がぼろりと崩れ落ちた。

崩れた雪の中から出てきた物を見て、菊入は思わず悲鳴をあげそうになった。

それは、女性の顔だった。雪原の中から、女性の顔が突き出しているのである。

思わず目を逸《そ》らしたが、菊入はいま見た異様な光景に違和感を覚えた。

恐るおそる、もう一度その顔を見る。

そして、その違和感の正体を知った。

それは人間ではなかった。整った顔をした女性のマネキンだったのである。

菊入はストックを雪面に突き立て、グローブをつけた手で、マネキンの顔の右半分を隠している雪の塊を落とした。

栗色の髪には、丁寧にウールの帽子が被されている。そのマネキンの顔を見て、菊入は背筋を寒くした。

小さく美しい唇を大きくはみ出して、真っ赤なペンキが耳元まで塗られている。そして、その口をふさぐように大型のホチキスが打たれていた。両目は綺麗《きれい》にくり貫かれ、そこにできた空洞はわざわざ黒く塗りつぶされていて、さらに鼻の穴には、太い釘《くぎ》が打ち込まれていた。

とても正常な感覚を持った人間の仕業とは思えない。

首にはネックウォーマーが巻かれ、さらに少し掘り返してみると、その下からマネキンの肩が現れた。

その肩を見ただけで、冬山用の高級そうなシャツを着せられていることがわかる。しかもその背中に、わざわざザックを背負わせているように見えた。

すべてを掘り返す気持ちはさらさらないが、おそらくマネキンは、足の先までしっかりと、冬山の登山装備が施されているであろうことが想像できた。

ここは、初夏から晩秋にかけて、遊歩道以外を歩くことができない場所である。だからこそ、この時期だけ何者の仕業かはわからないが、深い雪の中、ミズナラの大王を眺めに来ることができるのだ。

わざわざマネキンに本格的な冬山の服を着せ、ザックまで背負わせた上で、顔に不気味な細工を施す。そして雪が草原を隠すほど深く積もったころを見計らって、埋めにきたというのか。

菊入はその光景を思い描いて、吐き気をもよおした。

雪山で遭難遺体を見つけた悲惨さとは、まったく次元の違う気味の悪さを感じた。

マネキンを背負い、ここまで運んで埋めたということは、それなりに山の経験を積んでいる人間の仕業なのではないかと菊入は思った。

そうだとすると、常人では考えられない、陰湿で異常な感覚を心の裡《うち》に秘めたその登山者が、普段、何食わぬ顔で普通の登山者に交じって山を歩いているのだろうか。

その光景を想像して背筋を寒くした菊入は単独で山に登ることが、別の意味で怖いことを痛感した。

真冬の一時期にしか見ることのできない、ミズナラの巨木を仰《あお》ぎ見た感動はすでになく、菊入の頭の中は、陰湿で不気味な登山者の黒い影でいっぱいになっていた。

菊入は黙って雪原から戸隠神社の参道に戻り、森林植物園の管理事務所に、いま見てきた異様な光景を告げて戸隠奥社を後にした。

散策の後、戸隠の名物である美味《うま》い蕎麦《そば》を食べてから白馬《はくば》に移動するつもりだったが、そんな気持ちにはとてもならなかった。

菊入はこの地を訪れる時には想像もしなかった陰鬱《いんうつ》な気分になり、無言のまま山を下りた。

雪山の叫び

腰まで埋まる雪の中をもがくようにラッセルして、八合目の避難小屋にたどり着いたのは午後の四時を過ぎたころだった。

予想していた以上に深い雪に苦労したが、天候が崩れることもなく、曇天ではあるが途中粉雪がわずかに舞っただけで、吹き上げる風も体温を奪うほどの強さにはならなかった。

まずまず、予定通りの山行である。

避難小屋の入り口に吹き溜《だ》まった雪をザックの後ろに括《くく》っていたスコップで掘り返し、加藤は白い息を吐きながら避難小屋の中に入った。

表面がバリバリに凍った手袋を前歯で噛《か》んで外す。手袋の表面とは逆に、手の指は汗にふやけていて、それが冷気に当たって湯気を立てた。

小さな土間の先に、低い位置で板張りの床が敷き詰められた十畳ほどの避難小屋は、下界で見れば住むことを放棄されたような掘立小屋だが、厳冬期のこの時期、山に入る者にとっては天国のような施設である。

北陸の奥深くにひっそりと聳《そび》えるこの山は、前衛の山が遅い時期までスキー場を開いているため、春先こそスキーシーズンの終わりを惜しむ客で一時的に賑《にぎ》わうが、わざわざ冬に登りに来る者はほとんどいない。それでも、そんな数少ない登山者のために避難小屋が建てられているこの山は、地元の人々にも古くから愛されているのだろう。

避難小屋に入り、ザックを下ろしてひと息ついた後でも吐く息は白い。下ろしたザックからバーナーとコッヘルを取り出し、取りあえず湯を沸かす用意をする。担いできた水がわずかに凍りはじめていた。

コッヘルに注いだその水が、やがて泡を立てて湯に変わり、そこから上る白く温かい湯気を見ていると、いつものことながら心が落ち着いてくる。

自分があえて人気《ひとけ》のない冬山を選んで登るのは、あるいはこんな気持ちになる瞬間を味わいたいからなのかもしれないと加藤は思った。

沸かした湯で、この日のためにわざわざ専門店で仕入れた、とっておきの紅茶を淹《い》れ、そこにたっぷりと砂糖を溶かして、最後に半分凍ったレモンの輪切りを浮かべてから、口を尖《とが》らせて息を吹きかけながら飲む。紅茶の甘い香りが、雪山に入ってより敏感になった加藤の鼻をついた。

避難小屋の高窓から外の明かりが射し込むうちに、アルファ米を湯で蒸らし、レトルトのカレーを温めて夕食にした。具は、あらかじめ自宅でコツコツと煮込み、一度乾燥させてから塩と味噌《みそ》に漬けた鶏肉の手羽先だ。それをコッヘルに残った湯で温めなおして米の上にのせ、そこにカレーをかけて食った。下界で食べたら、なんということのない即席料理なのだが、静かな雪山の中に佇《たたず》む簡素な避難小屋の中で食べれば、それだけで極上の夕食になる。ひとりだけのディナーを満喫し、至極満足して避難小屋の外に出た。雪を摑《つか》んでチタン製の食器の汚れを擦り落とし、それをスタッフバッグにしまいながら、まったりとしたひとりだけの時間を過ごす。

やがて高窓から射し込む明かりがなくなり、冬の雪山に真の闇が訪れ、避難小屋もその闇の中に佇むひとつの景色になったころ、加藤はヘッドライトの灯《あか》りをつけて、担いできたウイスキーの小瓶を飲みながら、硬く冷たいビーフジャーキーをかじった。

静かである。

虫の声も、風の音も聞こえない、大好きな静かな夜だ。

こんな夜。銀世界に囲まれた簡素な避難小屋の中で寝袋に包《くる》まり、真の無音の中で闇に抱かれて眠ることを考えると、明日の朝、山頂を目指すことなど、どうでも良い気持ちになってくる。

携帯ラジオで明日の天気予報を聴くこともなく、加藤はちびりちびりとウイスキーを口にしつづけた。

やがて、さらさらと、耳を澄ませなければ聞き取れないほどの小さな音が、避難小屋の外から聞こえてきた。どうやら細かい雪が降りはじめたようだ。その音を聞くうちに、昼間、雪の中でもがきつづけた疲労と、飲みつづけたウイスキーの力で、そろそろまぶたが重たくなってきた。

板の間の上にウレタンマットを敷き、ザックから冬用の寝袋を引っ張り出して、加藤は眠る準備をはじめた。

寝袋を整えながら、明日はのんびり起きて、頂上を目指すことなくこのまま下山しても良いかな、などと考えた時、突然、避難小屋の入り口を叩《たた》くけたたましい音が響いた。

ドンドンドンドンドン

それまで、細かい雪が降る音が聞こえるほど静かだった夜の雪山に、足音など聞こえなかった。いきなり避難小屋の入り口が叩かれたのだ。

ドンドンドンドンドン

こんな夜遅く、登山者が避難小屋を目指して登ってくるわけがない。遭難者か？
しかし、避難小屋に近づく足音などまったく聞こえなかった。それになにより、遭難者だろうが普通の登山者だろうが、わざわざ避難小屋の入り口を叩く者などいるはずがない。黙って入り口を開けて、中に入ってくれば良いのだ。

ドンドンドンドンドン

入り口を叩く音がますます強くなる。加藤は一気に酔いと眠気が覚めた。
今、避難小屋の室内を照らしているのは、彼の頭につけたヘッドライトの頼りない灯りだけだ。

ドンドンドンドンドン

「……！」

入り口を叩く音に混ざって、今度は甲高い叫び声が避難小屋の外に響いた。絶望的にも聞こえる男の声だ。
加藤のヘッドライトが、思わず避難小屋の入り口を照らす。

ドンドンドンドンドン

「……！」

男の叫ぶ言葉を聞いて、加藤は体中に悪寒が走り、慌てて両手で耳をふさいだ。

ドンドンドンドンドン

「……！」

耳をふさいでも聞こえてくる。避難小屋の入り口を叩くけたたましい音と、悲鳴のような男の叫び声が。

ドンドンドンドンドン

「……！」

加藤の方が叫びだしたい気分だった。

どのくらい時間が経っただろう。

ふさいでいた耳から、避難小屋の入り口を叩く音と、男の叫ぶ声が聞こえなくなった。

それでも、しばらく耳をふさいだまま、加藤は暗い避難小屋の中で、膝を抱えて座り込んで震えていた。

そのままの姿で小一時間ほど過ごし、さすがにもう何も聞こえなくなったことを確認して、加藤は頭を上げあたりを見まわした。ヘッドライトの灯りが、避難小屋の入り口から四隅を照らす。

その瞬間。今度は加藤の頭上から声が響いた。

「……！」

真っ暗なはずの避難小屋の高窓から、強烈な視線を感じた。

「……！」

高窓を見てはいけない。絶対に見てはいけない。

加藤は腰を抜かしそうになりながら、下を向いたままなんとか寝袋に潜り込み、胎児のように体を丸めて耳をふさいだ。

寝袋に頭まで包まっても叫び声は聞こえ、そして高窓から見下ろす視線は、寝袋を通して加藤に突き刺さった。

長い夜だった。

一晩中聞こえつづけた叫び声が聞こえなくなってすぐに、寝袋越しに夜明けを知らせる光が、高窓から射し込んできた。

叫び声が聞こえなくなり、そして視線を感じなくなった後も、避難小屋から遠ざかる足音は、最後まで聞こえなかった。

いつの間にか、寝袋の中でヘッドライトのバッテリーが切れていた。

しばらく寝袋の中で体を丸めたまま、加藤は固まっていた。

やがて、高窓から射す明かりが強くなり、寝袋の中で見た腕時計の針が午前七時を過ぎるころ、加藤は丸く固まった体をゆっくり伸ばし、恐る恐る寝袋から顔を出した。

避難小屋の中には何の異変も見られない。

いまだ小刻みに震える体を無理やり起こし、意を決して避難小屋の入り口を開ける。

そこには当然、足跡などなく、開けた入り口のドアに吹き溜まった粉雪が、小さく舞っただけだった。

昨夜、避難小屋の入り口を叩き、そして一晩中叫び声をあげながら、高窓から加藤に視線を向けつづけた男は、いったい何者だったのだろう。

自分と同じ、この世に住む者でないことだけは間違いない。しかし、だからといって、この山をさまよう遭難者の亡霊なのかどうかも、加藤には確信が持てなかった。もしかしたら、あの男はどこか別の世界で生きていて……。

加藤は避難小屋の外に広がる一面の銀世界をぼんやり眺めながら、そんなことを思っていた。寝袋に包まり、震える加藤に向かって、男は夜明け前まで、ずっとこう叫びつづけていたのだ。

「出してくれ！　俺をここから出してくれ」

奥又白池の残影

上高地《かみこうち》のバスターミナルから、山岳観光の聖地である河童橋《かっぱばし》を過ぎて、今も明瞭《めいりょう》な登山道がない明神岳《みょうじんだけ》の岩峰を眺めながら梓川《あずさがわ》の左岸を歩く。

約一時間で、穂高《ほたか》神社の奥社が建立される明神にたどり着く。そこには、北アルプス登山黎明《れいめい》期の山案内人だった上條嘉門次《かみじょうかもんじ》の住んだ小屋が今も建っている。岩魚の塩焼きや蕎麦《そば》を食わせる嘉門次小屋までは、観光客の数も多い。

さらに、ほぼ平坦な道を歩けば、広々とした草原の徳沢《とくさわ》キャンプ場だ。正面に前穂高岳を仰《あお》ぎ見るこのキャンプ場は、その昔、島々《しましま》村から徳本《とくごう》峠を越えて牛飼いに連れられた牛たちが、夏の間のんびりと過ごす牧草地だった場所だ。ここには、設備の整ったふたつの山小屋もある。

徳沢で一休みして、今日の目的地である奥又白池《おくまたしろいけ》を目指して腰を上げる。北アルプスの瞳《ひとみ》と呼ばれる奥又白池は、前穂高岳東壁を目指すクライマーのベースキャンプとして利用されている池だ。

徳沢から、涸沢《からさわ》カールを目指す登山者に交じりながら歩き、新村橋《しんむらばし》を通って対岸に渡り、森林整備のために造られた土の車道を歩く。涸沢に向かう登山者と別れ、道は静寂に包まれる。

しばらくしてようやく斜面に取りつき、中畠《なかばた》新道分岐に向かって登っていく。急登を頑張ると前穂高岳北尾根の雄姿が見えはじめ、さらに登れば中畠新道分岐に到着する。

ここで一服して、落石に備えてヘルメットをかぶり、松高《まっこう》ルンゼの涸《か》れた沢を左に見て、中畠新道の岩場に取りつく。さっそくの急登だ。

見渡せば、周りには複数の遭難碑が建っている。遭難碑のひとつには『故若山五《わかやまご》朗《ろう》君』と刻まれている。井上靖《いのうえやすし》が書いた『氷壁』のモデルになった、ナイロンザイル事件で滑落した犠牲者の碑だ。

複数の遭難碑を見ながらの登りに、なんだか複雑な感情が湧き上がってきた。息を切らしながら樹林帯を登ると、やがて展望が開けて松高ルンゼを左に見ることもできる。

登山道は狭く、時には木の根や枝を掴《つか》んでの登りが続く。クマザサが深く茂っている場所があるが、おそらくその先は、墜《お》ちればひとたまりもない絶壁のはずだ。

やがて前穂高岳北尾根と五六のコルが迫ってくると、道は斜面をトラバースするように続き、その先の登りをひと頑張りしたところで、ようやく奥又白池にたどり着いた。

奥又白池の標高は、約二千四百七十メートル。前穂高岳の壁を登攀《とうはん》する絶好のベースキャンプ地だ。前穂高岳北尾根の岩稜《がんりょう》が目の前に聳えて凄《すご》い迫力である。

奥又白池は直径三十メートルほどの小さな池である。池の周りを一周しても、五分ほどしかからない大きさだ。

しかし、それにしても、なぜこんな岩稜帯の中腹に涸れることのない池があるのか、今もって不思議である。

僕の他に登山者の姿はない。岩に取りつくクライマーの数が一昔前よりも減ったのか、あるいは、より難度の高い積雪期の登攀を目指すクライマーが増えたのか。

そんな僕にしても、前穂高岳の岩壁を登攀するために、この池にテントを張ろうとしたわけではない。

久しぶりに北アルプスの展望をできる限り眼前で味わい、その風を感じて静かな一夜を過ごしたかっただけである。

池の畔《ほとり》にテントを張り、僕は誰もいない小さな池の周りを一周してから、テントの前で仰向けに寝そべって大きく深呼吸をした。

やがて前穂高の岩壁がオレンジ色に染まりはじめるころ、僕はその景色を眺めながら、松本《まつもと》の土産屋で手に入れた岩魚の甘露煮を頬張りながら、ザックに放り込んで担いできた信州の地酒をちびちびと飲んだ。

北アルプスに夜の帳《とばり》が下りる前に、鍋《なべ》やバーナーを片づけて、僕はテントの中に潜り込んだ。

北アルプスの夜は早い。

久しぶりに急登を頑張った体の疲れと、辛口の酒も効いて、僕のまぶたはすぐに重たくなった。

テントを叩《たた》く風もない。奥又白池の夜は虚空《こくう》の中に溶け込んだように静かだ。

やがて意識が遠くなり、いつの間にか僕は本格的に眠りについた。

どのくらい眠ったのだろう。

テントの外で聞こえる物音で、僕はぼんやりと目を覚ました。

目をこすり、シュラフの中から抜け出して、テントの中で息をひそめる。

確かに音が聞こえる。

ズリ……　ズリ……　ズリ……

なにかを引きずるような音だ。

ズリ……　ズリ……　ズリ……

熊か？　熊がなにかをくわえたまま引きずって歩いているのか？

ズリ……　ズリ……　ズリ……

びくびくしながら、少しだけテントの入り口を開けてみる。獣の臭いはしない。

ズリ……　ズリ……　ズリ……

なんだ？　確かに、なにかを引きずる音だ。

僕は勇気を出して、音がしないように慎重にテントの入り口をすべて開け、灯《あか》りを点《つ》けないまま、真夜中の奥又白池に目をやった。

ズリ……　ズリ……　ズリ……

音は池の対岸から聞こえてくる。

ズリ……　ズリ……　ズリ……

月の明かりに山の岩肌が照らされて、外は意外に明るい。その明かりを頼りに、目を凝らして池の対岸を見た僕は、思わず悲鳴をあげそうになった。

男だ。

男がゆっくりと歩いているのだ。今にも崩れ落ちそうなぎこちない動きで、男が歩いているのである。

男はなにかを引きずっている。

ズリ……　ズリ……　ズリ……

塊だ。かつては四肢が付いていたはずの人のように見える。

ズリ……　ズリ……　ズリ……

この世のものとはとても思えない、おぞましい光景を目にした僕は、慌ててテントに潜り込み、膝《ひざ》を抱えて歯を鳴らしつづけた。

やがて、音が小さくなり、再び夜の奥又白池に静寂が訪れた。

勇気を振り絞って、恐る恐るテントから顔を出し池の対岸を見る。塊を引きずる男の姿は消えていた。

そのまま眠ることなく、夜が明けるとともに僕は震えながらテントを撤収し、滑落するのを覚悟の上で徳沢に駆け下りた。実際、何度も足を滑らせて転び、時には数メートルの斜面を滑り落ちた。

全身、擦り傷だらけになり、そして息も絶え絶えのまま、僕は徳沢のキャンプ場に下りた。

無理やりテントを積み込んでバランスの取れていないザックを放り出し、徳沢の草原に倒れ込んだ。

その姿を見ていた登山者が、慌てて僕に駆け寄ってくる。引き締まった体軀《たいく》をした、いかにもクライマー然とした若い男だ。

「どうしました？　奥又白池ですね。熊でも出ましたか？」

息が切れて喉《のど》を鳴らす僕に、男がペットボトルの水を渡してくれた。

礼も言えずにそれを一気に飲み干し、ようやく荒い息が治まってきた。

僕は咳《せ》き込みながら、昨夜、奥又白池で見たおぞましい光景を男に話した。

「そういえば、私の仲間も数年前に、奥又白池で同じ光景を見たって言っていましたね」

男が口に手を当てて言う。

「本当ですか！」

「ええ。翌朝、前穂高岳東尾根に取りつく予定だった、風のない夜だと言っていました」

「あれはやはり……なにかの事件の？」

思わず口をついて出た僕の言葉に対して、男が優しい目をして言う。

「事件じゃないと思います」

男が話を続ける。

「おそらく、前穂高岳の壁でパートナーが滑落したんでしょう。もしかしたら、その時点でパートナーは亡くなっていたのかもしれない。それでも男は、パートナーを、なんとしてでも麓《ふもと》まで下ろそうとしたんじゃないのでしょうか。おそらく最初はそのパートナーを背負っていたんじゃないのかなあ。しかし、実は滑落していたのか、あるいは深い傷を負っていたのか、とうとう自分も力尽きた。それでも、まだパートナーを麓に下ろそうとする男の執念が、残像としてあの池に現れるんじゃないかと私は思いますよ」

それを聞いて、僕はもう一度震え上がった。それは昨夜の恐怖を思い出してのものではない。あまりにも壮絶な山男の執念に、体の芯《しん》から震えたのである。

綱引き

季節外れの涸沢小屋で、湯山《ゆやま》は話し好きのクライマーと同室になった。白髪が交じった背の低い、五十歳過ぎくらいに見える男性だ。これまで多くの岩壁を登ってきたというだけあって、体は小さいが、シャツの上からでも筋肉が引き締まっているのがわかる。

「へえ。あんた金縛りによく遇《あ》うのかい」

自分の山歴などそっちのけで、湯山が話のついでにしゃべった怪談話に、男が食いついてきた。

「もう、だいぶ前からですよ。眠たくなった時、鼻先が独特の感覚でつんとなる。ああ来るなと思うと、次の瞬間、体がぴくりとも動かなくなって、急に体に重みを感じるんです」

男が興味深げに顔を近づけて湯山に聞く。

「その時、目は開くのかい？」

「開きますよ。なぜか、まぶただけは動かすことができる。でも、ずっと開けてはいられなかった」

「なんか見たのかい？」

「僕の体の上に小さな女の子が乗っかっていました。いや、正確には女性かな。体は五歳くらいの小さな女の子なのに、顔だけは歯の抜けた老婆なんです」

「それは怖いな」

「怖いですよ。僕の体に乗ったその女性が少しずつ、頭のほうに這《は》い上がってきて。そして僕の顔を覗《のぞ》くんです。でもね。覗き込んできたその目には、黒目しかないんですよ」

「うへへぇ」

男が大げさに体を反らし、両手を後ろについた。

「すぐに目をきつく閉じて、必死で念仏を唱えました。不思議ですよね。普段、宗教なんかまったく信仰していないのに」

「南《な》無妙法蓮華経《むみょうほうれんげきょう》……ってかい？」

「まあ、そんなやつです。しばらくしたら、突然、ふっと体中の力が抜けて、何ごともなかったように体が動きました。目を開けたけれど、当然、不気味な女性などいなかった」

「まあ。それが金縛りってもんだからな」

「それから、頻繁に金縛りになるような体質になっちゃったんですよ。まあ、今では慣れちゃいましたけどね。目を開けなければ、怖くはないんですから」

「山に登っても金縛りになるのかい？」

「山でもなります。……というか、山の方がなりやすいですよ」

「ほう。それはなぜ？」

「要するに金縛りっていうのは、神経と体の微妙なバランスが崩れた時になりやすいって言うじゃないですか。時間にすれば一瞬だけど、神経よりも体が先に眠っちゃうっていう感覚です」

「つまり、実際に金縛りになっている時間は、実は一瞬なんじゃないかってことかね？」

「僕はそう思いますよ」

「じゃあ、あんたが見た恐ろしい女性は？」

「けっきょく、夢なんじゃないのかなって。つまり金縛りになって、怖いという気持ちがいつも以上に脳を支配して、一瞬眠り遅れた神経が、怖いものを映像として自分の脳裏に映すという感じかな」

「なるほど、うまいことを言うね」

「実は山の友達から聞いた話の受け売りです。でも、そう考えれば、金縛りもあまり怖くなるんですよ。でも、たとえ夢だとしても、やっぱり怖いものは見たくないから、目は開けませんけどね」

「そうかい、そうかい」

男はそれを聞いて、少し大げさにうなずき、悪戯《いたずら》っぽい目をして湯山の顔を覗き込んだ。

「実は、俺も昔、金縛りに遇ってね。強烈な体験だったよ」

「強烈な体験？　それは面白そうですね。ぜひ聞かせてください」

「面白いかどうかは、あんた次第だけどな。まあ、良いだろう。聞いてくれ」

そういうと、男は胡坐《あぐら》をかいたまま、湯山に一歩にじり寄って、話をはじめた。

もう、どのくらい前の話になるかな。とにかくずいぶんと昔の話だ。

その時、俺は北穂高岳滝谷《たきたに》ドーム中央稜《りょう》の登攀《とうはん》を狙って、この涸沢に入ったのさ。

二日前に、前穂高岳北尾根をよじ登ったばかりだ。ばりばりだったね。あのころは。

小屋泊まりじゃないよ。テント泊さ。そのころはダンロップのひとり用テントがお気に入りだった。ちょっと重かったけどね。頑丈で頼りになったんだ。

とにかく怖いもの知らずだったからね。明日は夜明け前に行動を開始して、北穂高岳から下降して、一気に滝谷を登り詰めようって意気込んでさ。テント場に着いたのは早い時間だったのに、偵察もせずに、昼間から涸沢ヒュッテのテラスで、おでんや枝豆をつまみながら、下界に比べたら、ずいぶんと値段の高いビールをがばがば飲んだよ。

天気は最高だったな。

涸沢カールを囲む穂高の峰々が、端から端まで全部見えた。確かに紅葉の時期の涸沢は綺麗《きれい》だけれどさ。でも、涸沢に来るなら季節を外した方が絶対いいね。シーズンの涸沢はテント泊だろうと、小屋泊まりだろうと、人の群れで、山を眺める気にも登る気にもならないよ。

俺が滝谷ドーム中央稜を狙ったのは、梅雨の真っ盛りさ。それなのに思いもよらぬ晴天だ。ついていると思ったね。

あんた、涸沢から見上げる山の中で、どの山が好きだい？　ほう。やっぱり奥穂高岳か。俺はね。なんといっても涸沢岳の、あの鋭く尖《とが》った形が好きだね。槍ヶ《やりが》岳《たけ》よりも好きだ。なんていうのかな。穂高連峰の中でも孤高って感じがするんだ。他の者にはわからない俺独特の感覚なのかもしれないが。

まあ、とにかくそんな景色を眺めながら、ヒュッテのテラスで、浴びるほどビールを飲んだわけだ。

明日の行動が心配にならなかったかって？　ならなかったね。本当にばりばりだったんだよ。そのころの俺は。

そのうち、穂高の峰々を逆光にして、山に夕日が沈みはじめた。薄青い空に浮かぶ雲が、怖いほどのピンク色だ。いつ見てもすごい景色だよ。涸沢カールといえば、朝日に照らされてオレンジ色に染まる、穂高の峰々のモルゲンロートが有名だけど、俺はどちらかというと、夕暮れの方が好きだな。

明日、目が覚めた時もここにいる！　そういう感覚が好きなんだ。

その気持ち、良くわかるって？　本当かよ。はははっ。日も暮れてきたし、締めにラーメンを食べてから、トイレを済ましてテントに戻ったよ。余計な話だが、山で食うラーメンっていうのは、自分で作った即席麺《めん》だろうと、小屋で出されたレトルトの麺であろうと、なんであんなに美味《うま》いんだろうな。下界で高い金を出して食う、専門店のラーメンより断然美味い。

景色と空気が食わせるだって？　六十点。ありふれた答えすぎるね。はははははっ。

腹を膨らませてテントに戻ったが、さすがにちょっと飲みすぎたな。トイレが近くて仕方がない。男っていうのは、どうにも学習できないね。山男は特にそうかもしれない。

梅雨の時期だからね。テント場は空いていて、俺の近くにも他の登山者のテントがなかったから、気兼ねすることなく、何度もテントとヒュッテを行ったり来たりしてトイレを済ませたが、あれがシーズン中だったら、付近のテントの中から、うるさいって怒鳴りつけられただろうな。

まあ。そんなこんなで、何度かテントを出たり入ったりしているうちに、なんとか落ち着いてテントの住人となったわけだ。

蒸し暑くてね。風はないし。梅雨の真《ま》っ只中《ただなか》だし。そうはいっても二千三百メートルの山の夜だ。普通ならば、蒸し暑く感じることなどないはずなんだけどな。

考えてみると、この日はやはり、なにかが違っていたのかもしれないな。

けっきょく、寝袋に入る前に大の字になって眠ってしまったんだ。

けっこう深い眠りだったよ。どのくらい眠ったのかな？

性懲りもなくトイレに行きたくなってね。

目を覚ましたんだ。

相変わらず蒸し暑い。おかしいよな、やっぱり。

さて、トイレに行こうかと思った瞬間だよ。

突然、体がぴくりとも動かなくなった。今のあんたと違うからね。そんな経験は一度もしたことがない。金縛りなんて言葉さえ思いつかなかった。

パニックだよ。

俺の場合、目も開けることさえできなかった。

そのうち、伸ばしていた両足をいきなり何者かの手で摑《つか》まれたんだ。

びびったよ。体中総毛立った。突然体が動かなくなった上に、俺しかいないはずのテントの中で、いきなり両方の足を誰かに摑まれたんだぜ。

次の瞬間、仰向けになった俺の体が、足元の方に、ずるっと引きずられた。

まるで、俺をテントの外に、引きずり出そうとするようにね。

助けてくれ！　悲鳴をあげたいんだが声も出ない。このまま、テントから引きずり出されたら一巻の終わりだ！

そう思った瞬間。

今度は、大の字になったまま固まっている俺の両腕を、水平な位置から別の手が摑んだんだ。

うわっ！　と思うと同時に、助かるかもしれないと思ったね。

俺をテントの外に引きずり出そうとする手が悪魔の手ならば、俺の両腕を摑んだ手は、それを阻止しようとする守護霊かなにかの手だと思ったんだよ。

能天気な……って？　そんなパニックになる状況でも、そのころの俺は、確かにどこか能天気なところがあったんだよ。

足を摑んだ手が、俺をテントから引きずり出そうと力を入れる。それをさせまいと、腕を摑んだ手が負けないほどに力を入れる。

頑張れ！　守護霊！

馬鹿だねえ、俺って。本当に馬鹿だ。

おいおい。笑うなよ。その時の俺の身になってみろよ。テントの中で、仰向けになったまま、腕と足の両方から、思いっ切り体を引っ張られているんだぜ。まったく同じ力で引っ張られているんだ。まるで綱引きだよ。

どっちの手の力も同じ強さだ。頭側にも足側にも動かない。

そのうち、守護霊頑張れなんて気持ちを持つ余裕なんかなくなってきた。胴体に猛烈な痛みが襲ってきたんだ。

どういうことかわかるかい？

拮抗した力でずっと引っ張られつづけて、俺の体が悲鳴をあげはじめたんだよ。少しずつ、両方に俺の体が伸びているんだよ。

拷問だよ。

そのうち、腹や胸の筋が切れるような嫌な音が聞こえはじめた。痛くても声が出ない。体をよじることもできない。

足を掴む手の主も、腕を掴む手の主も、ひと言も声を発しない。それどころか、息遣いさえ聞こえないんだ。

その時、俺は悟ったよ。腕を掴む手の主は守護霊なんかじゃない。こいつら、両方とも悪魔だってね。

そう思った時が終わりの時だった。

何が終わったかって？

当たり前じゃないか。俺の命だよ。体がまっぷたつに千切れる、物凄《すご》い音が俺がこの世で聞いた最後の音さ。

おいおい。黙るなよ。話はまだ終わっていないんだから。

その後、俺はどうなったと思う？

足を掴んでいた手か、腕を掴んでいた手か、どっちに運ばれたのかなんてわからないけどな。

俺は、滝谷ドーム中央稜の下部で、胴体が二つに千切れた遺体として発見されたんだ。

周りに大した登攀装備も散らばっていなかったから、警察も少し疑問に思ったみたいだが、目撃者はいないし、当然同伴者もいない。

けっきょく登攀中の滑落死として、俺は処理されたのさ。

無人になったテントは、数十日経ってから、滑落死した俺のテントとして片づけられた。

俺が死んだ真実は、今語った通りなんだよ。

俺は滝谷から墜《お》ちて死んだんじゃない。テントの中で殺されたんだ。

まあ……遠い昔の話だ。

おいおい。なんだよ。蒼い顔をして。そんなにだらしなく口を開けていると、顎《あご》が落ちちゃうぞ。

ははは。

驚かせて悪かったな。

今の話は、もちろん俺のことじゃない。体がまっぷたつになった人間が、ここにいるわけがないじゃないか。あんたを怖がらせたくなって、自分の話にすり替えただけだ。

これはね。俺のザイル仲間が滝谷で死んだ時に、もしかしたら、こんなことが起こったんじゃないかと俺が勝手に想像した話だよ。そいつの遺体は、捜索に参加した俺が見つけたんだ。

そいつが残したテントの状況、滝谷の下部で俺が見つけた遺体の異様さ。そして、その時に見たそいつの最後の表情。

もしかしたら、こいつは単純に岩壁から墜ちたんじゃなくて、実はそんな死に方をしたんじゃないかって思ったんだ。

あんたもわかるだろう？　山を続けていると、そんな不思議なことが起こっても、もしかしたらそんなこともあるかもしれないって、どこかで認めてしまう瞬間を。

さて。俺はちょっと用を足してくるよ。

まあ。今の話を信じるも信じないもあんた次第だが。

ただな。これだけは言っておくよ。

金縛りをなめちゃあ駄目だ。なめていると、いつかひどいしっぺ返しを喰《く》らうよ。

明日は北穂高岳に登るだけだろう？

トイレから帰ってきたら、もう少し山の不思議な話を続けようぜ。

鈴の音

久しぶりに中央自動車道に乗った。目指すは安曇野《あづみの》。長い冬から目を覚まし、ゆっくりと時が流れはじめた田園風景や残雪の北アルプスの峰々を眺めながら、のんびりと深呼吸ができればそれで良い。

安曇野に向かう前に、中央自動車道を韮崎《にらさき》で降りて、南ア前衛の日向山《ひなたやま》にでも登って行こうと珍しく早起きをして家を出た僕なのだが、渋滞もなくスムーズにＩＣを次々に過ぎるうちに、山に登るのがなんだか面倒になってしまい、けっきょく長野自動車道の安曇野ＩＣまでノンストップで車を走らせてしまった。

ほんの数時間前までみなぎっていた山に登る気持ちなど、まるで初めからなかったかのように、安曇野平野を眼前に眺めながら、のんびりと湯に浸かり、キリリと冷えた手打ち蕎麦《そば》に舌鼓を打って、口笛を吹きながら田園を歩いてしまった。

春風の流れのままに身を任せ、青い空を舞いつづけるトンビの姿が、時の流れの緩やかさを僕に教えてくれる。

日が暮れかかるまで安曇野の春を満喫した僕は、すっかり満足した気持ちになって、今宵の酔いを求めて松本の街に車を走らせた。

名物の山賊焼きとあん肝豆腐をつまみに、地酒をいただいて、久しぶりに夜の松本アルプスをたっぷりと楽しんだ翌朝は、雨男である僕の旅には珍しく、眩《まぶ》しいくらいの快晴だった。

安曇野の水田に映る常念岳《じょうねんだけ》の顕著な三角錐《すい》が美しい。

大町《おおまち》に向かって車を走らせながらも、次々に現れる見事な安曇野の春の景色に、僕はブレーキを踏むばかりでちっとも目的地に近づくことができない。まあいいだろう。けっきょく僕はこんな旅が好きなのだ。

今日の目的地は仁科《にしな》三湖のひとつである、木崎湖《きざきこ》畔に隆起する小熊山《こぐまやま》である。

仁科三湖とは、大町市の西側にそびえる北アルプスが隆起した時、落ち込んだ場所にできた断層湖のことで、南からレジャーの木崎湖、釣りの中綱湖《なかつなこ》、思索の青木湖《あおきこ》と表現される人気スポットである。

小熊山は、木崎湖の西に鹿島《かしま》槍ヶ岳の景観を遮るように立つ、標高千三百メートルほどの里山だ。

鹿島槍ヶ岳の展望を遮るという事は、小熊山からの鹿島槍ヶ岳の展望は当然良いわけで、初夏から晩秋にかけては、隠れたトレッキングコースであるという。さらに、この時期から初夏にかけては、地元の人たちにとっては、絶好の山菜採りの季節なのであるという。

安曇広域農道から国道百四十七号に入り、大町の美術館通りを横に見て、白馬方面に進む。この晴天ならば、大町山岳博物館の展望窓から観る北アルプスの景観も、さぞかし素晴らしいことだろう。

散々道草をしながらも朝の八時三十分には木崎湖のキャンプ場にたどり着くことができた。

小熊山登山の起点は、木崎湖キャンプ場のすぐ先にある。このキャンプ場に車を止めて、歩きはじめるのが本来の姿である。

しかしこの小熊山には、山腹を巻くように登り、やがて黒沢《くろさわ》高原に下る、細いが舗装された林道がついているのだ。

僕は、なんのためらいもなくその林道に向かってハンドルを切った。

ガードレールもなく、ところどころに残雪と落石が混ざるくねくねと曲がる細い道を、対向車が下ってこないことを祈りながら、慎重にハンドルを切りつづける。

一緒に山に通いつづけた愛車が、悲鳴をあげながら頑張ること二十分。

林道の右側に鉄の梯子《はしご》が現れて、小熊山の登山口がなんとか見つかった。

梯子の脇に二台ほど駐車できるスペースがあるが、さすがにこの時期、朝からこの山に登ろうと考える登山者はいないのか、車はもちろん人の気配もない。

この時点でかなり標高を稼いでしまったのか、車を降りるといきなり心地よい風が僕の頬を撫《な》ぜた。

小型ザックに日帰り用の荷物を突っ込み、ストレッチもそこそこに僕はさっそく梯子を登った。

梯子の上には、いきなり滑りやすい急登が待っていた。

斜面の角度はけっこうきつく、燕岳《つばくろだけ》の合戦尾根と同じくらいだが、多くの登山者によって踏み固められた分だけ、合戦尾根の方がよほど歩きやすいかもしれない。

ザレザレの急登に枯葉が積もり、滑りやすいことこの上ない。

僕はザックに突っ込んでいたステッキを抜き取り、息を切らしながら三本足になった。

昨夜松本アルプスでいただいた、美味《おい》しい地酒が嫌な汗に形を変えて、一斉に噴き出してくる。

しばらく歩くとちらりほらりと左の林が切れはじめ、小熊山の山腹の向こうに大町の街並みと残雪を被った黒部《くろべ》の山並みが見えてきた。

とたんに足が止まり、今年もまた大好きな信州に無事に挨拶《あいさつ》しに来られたことを素直に喜ぶ。

なぜ僕は、こんなにも北アルプスが好きなのだろう。

山が好きと言いながら、実を言うと僕は、南アルプスの山々には数えるほどしか登っていない。

なぜだかわからない。なぜだかわからないのだが、南アルプスの峰々に登ると、僕の心はなぜかネガティブになり、北アルプスの峰々に抱かれると、僕の心はポジティブになるのである。

春が盛りを迎え、信州の里山にも木々の息吹が聞こえはじめている。

純白のコブシの花が、北アルプスから吹き下ろされる清涼な風に揺れる。

タラの芽らしき山野草が、瑞々《みずみず》しい緑を精一杯天に向けて、呼吸をしている。

それにしてもなんという急登の連続だ。

林間に浮かぶ青い空を見上げて、息を切らせて登り切ると、ほんの少しの間だけ平坦な道が続き、すぐにまた枯葉に埋まった急登がはじまる。

梯子を駆け上って五十分。僕はようやく三等三角点の建つ小熊山の山頂にたどり着いた。

安曇野展望台と標識があるが、芽生えはじめた林の緑に阻まれて、急登を頑張った褒美になるような展望はあいにく得られなかった。

鹿島槍ヶ岳の姿は、杉林の向こうに隠れているようだ。

ザックを放り投げ、誰もいないのを良いことに、山頂の枯葉の絨毯《じゅうたん》に大の字になって信州の高く青い空を見上げる。

鹿島槍ヶ岳の展望は、さらに猿ヶ城《さるがじょう》方面に二十分ほど下ったところで開けるらしい。

標高千三百三メートルの小熊山から北に進路をとって、猿ヶ城、黒沢高原方面に続く稜線《りょうせん》を行く。

この時期、小熊山から先に進む登山者はほとんどいないのか、登山道は笹に覆われ、注意して歩かなければ獣道に迷い込みそうだ。

微《かす》かな踏み跡から遠く離れた杉の木の枝に、赤テープが風に揺れているが、あれはおそらく雪深い冬の道の印だろう。

たびたび現れる残雪の上に登山靴の跡はわずかだ。

ほとんどの登山者は、急登の末にたどり着いた小熊山の山頂で満足して、来た道を引き返してしまうのだろうか。

しかしここまで来て、鹿島槍ヶ岳の獅子と鶴の雪形を眼に収めなければもったいない。

僕はクマザサを掻《か》き分け、枯葉に汚れた残雪をキュッキュッと踏みしめながら、わずかに残る里山の踏み跡を辿《たど》った。

行く手を阻むクマザサを掻き分けて山ズボンを濡《ぬ》らしながら、しばらく平坦な道を行くと、やがて左に白樺《しらかば》林が広がり、その合間から鹿島槍ヶ岳の双耳《そうじ》峰《ほう》がようやく見えてきた。

白樺と鹿島槍ヶ岳の白い色が眩しい。

この先、さらに進めば大展望が広がりそうだと思った時、クマザサの奥の方から突然、鈴の音が聞こえた。

チリン

これまでずっと、春山の息吹しか耳にしてこなかった中で、突然聞こえた人工的な音に、僕は思わず歩みを止めた。

チリン

たしかに鈴の音だ。

その音には、のどかな響きを感じることができなかった。

チリン

その鈴の音が少しずつ僕の方に近づいてくる。

これまでの、緩み切った気持ちが、そのひとつの音で一瞬のうちに緊迫感に変わった。

チリン　チリン

鈴の音が大きく、そしてはっきりしてきた。

ここにいてはいけない。

心の裡《うち》にある本能が僕に警告する。鹿島槍ヶ岳の展望など目指している場合ではない。

早くここを去れ。

心が叫ぶ。

チリン　チリン　チリン

走れ。

下れ。

チリン　チリン　チリン　チリン

鈴が鳴る間隔が短くなり、その音が僕に近づいてくる。

チリンチリンチリン

僕はきびすを返して、走りはじめた。

チリンチリンチリンチリン

鈴の音がどんどん大きくなり、そして僕の後を追ってきた。

僕は走った。

小熊山の山頂に登り返し、そのまま汗を流して登ってきた急登を、転ぶのを覚悟しながら駆け下りた。

チリンチリンチリンチリンチリン

鈴の音が乱打されながら近づき、その中に嗅《か》いだことのない、人なのか獣なのかわからないような嫌な臭いが混ざってきた。

鈴の音に追いつかれてはいけない。

音に追いつかれた時の恐怖を全身に感じながら、僕は走って山を下りた。

一心不乱に下りつづけるうちに、いつの間にか鈴の音が消えていた。

僕はそこでやっと足を止め、膝《ひざ》に手を置いて荒い息をついた。

荒い息は少しずつ治まってきたが、心に刻み込まれた恐怖は消えない。

迫ってきた鈴の音は消えたが、嫌な臭いは、まだ体にまとわりついていた。

背筋に寒いものを感じたまま小熊山を下り、狭い駐車スペースに駐《と》めた車のハンドルを握る。その指はいまだに震えている。

僕はアクセルを強く踏んで、つづら折りの林道を駆け下りた。

その夜、僕はそのまま地元に帰る気になれず、松本に宿を取った。

夕暮れから暖簾《のれん》を下げている、登山者ご用達《ようたし》の居酒屋のカウンターに座り、小熊山で味わった恐怖を忘れたくて酒を飲んだ。

新鮮な馬刺しをニンニク醤油《じょうゆ》でつまみながら、お気に入りの地酒である神渡《みわたり》を口にしていて、いまだ振り払うことができない恐怖を酒の力で忘れようと思っていた時、近くのテーブルで作業服を着たままの姿で飲んでいる、地元の人らしいふたり連れの会話が聞こえてきた。

「今日も木崎湖で、ひとりやられたらしい」

木崎湖と聞いて、ついつい耳を傾ける。

「最近、多いな。山菜採りか」

「そうらしい」

「昔は人と熊の領域がはっきりしていたもんだ。しかし最近は、その区別がなくなってきちゃったんだよな」

「まったくだ。ヒグマじゃあるまいし、本来、ツキノワグマは人間を襲わない。うっかり領域を越えて出会った時に、驚いて自分を守るために人を襲ったものなのにな」

「山が枯れてきたんだろうなあ。下から見ても山が痩《や》せてきているのがわかるからな。食うものがなくなれば、熊も下りてくるわな」

「お互いの領域が曖昧《あいまい》になって来ちまったのさ。昔はその辺がはっきりしていた。だからこそ、山菜採りやキノコ狩りで山に入った人間の鈴の音が、役に立っていたんだ」

口に運ぼうとしていた酒を持つ手が止まった。

「ここは人間の領域だよ。ここに人間がいるよってな。鈴の音を聞いて、熊は領域を越えたことを知って、自分の場所に戻って行ったものだが」

「最初はおそらく偶然出会っちまって、びっくりして人を襲ったんだろうな。ところがその人間という生き物が、背中に自分の好物をたんまり背負っていたってわけか」

「熊は頭がいいからな。それを覚えちゃったわけだ。人間は自分の好物をいっぱい持っていると」

今日、小熊山で聞いた鈴の音に、霊的な恐怖を感じた自分の愚かさと、現実的な恐怖を察知できなかった鈍感さに、僕は悲しくなった。

「皮肉なもんだよな。昔は、ここに人がいるから近づくなと知らせていた鈴の音が、いまは、熊にとって好物を持った生き物がここにいるぞという合図になっちまったんだからな」

「怖いねえ」

「本当に、山がどんどん怖くなってくるよな。熊が悪いのか、人間が悪いのか。まあ、どう考えたって悪いのは人間だろうな。なんとかしたいものだ」

ただ好きなだけで、浮つき、そしてのんきな気分で、信州の山に入った自分を恥じた。

あの鈴の音を聞いた時、違った行動を取っていれば、この居酒屋で聞いた話の内容もあるいは変わっていたのだろうか。

僕は忘れようとしていた自分の恐怖の根源が違っていたことを痛感しながら、居酒屋の大将に、神渡をもう一合頼んで、鈴の音の主に、ひとり静かに杯を捧《ささ》げた。

暴風雨

K岳にテントを設営したころ、ポツポツと空が泣きはじめた。俺はテントの中で簡単な夕食を済ませ、午後八時には寝袋に包《くる》まった。

しばらくすると雨が本格的に降りはじめた。バケツを引っくり返したような猛烈な雨だ。心配になってテントの入り口を開けて外をライトで照らしてみると、テント場に水が溜《た》まりはじめていた。数張りあった他のテントはすべて撤収したようだ。

これだけの雨の中でいまさらテントを撤収するのが面倒で、俺はテントの床が浸水するのを覚悟して、テントの入り口を閉め再び寝袋に包まった。寝付けずにいるうちに雨に風が混じりはじめた。その風はあっという間に強くなり、とうとう猛烈な暴風雨になった。

山岳用テントを支えるポールは超々ジュラルミンという素材でできている。強度はもちろん、しなりやすくできていて、強い風に吹かれた時はポールがしなってテントを傾斜させ風を受け流す仕組みになっている。俺のポールももちろん同じ素材でできているのだが、不思議なことにこれだけの強風を受けながら、テントはわずかに傾くだけで、ほとんどまともに風を受けている。テントを地面に固定する引き綱を強く張りすぎたのかとも思ったが、これほどの強風がテントに当たればその引っ張りに負けて、綱を地面に固定しているペグが抜けてしまいそうなものだ。

この先さらに風が強くなればポールが折れてしまう可能性もある。そうなれば支えを失ったテントは一枚の薄い布になってしまい、俺の身もどうなるかわからない。だからと言っていまさらこの猛烈な暴風雨の中を空身《からみ》で山小屋まで走る自信も俺にはなかった。

風がますます強くなる。

ミシリ……。ポールが軋《きし》む音が聞こえた。

その時、突然地響きのような雷鳴と共に強烈な稲妻がテントの外で光り、テントの外が一瞬明るくなった。

ぎょっとした。

俺のテントの外に、しゃがんでいる人影が映ったのだ。この暴風雨の中に誰かいるのか。

ミシリ……。ポールが再び軋んだ。

寝袋から出た俺は、テントの入り口に這《は》って行き、震える指でジッパーをつまんでテントの入り口を開けた。

そのとたん、俺は悲鳴をあげて入り口の反対側まで飛び退いた。テントの入り口に、顔の肉が半分腐りおちた男が、ぼろぼろの山シャツを着て、雨に打たれながらしゃがんでいるのだ。その男が両手を広げて、しゃがんだまま左右のポールを握っているのである。

ミシリ……。テントポールが軋む。

暗闇の中で、ポールを握ったままテントの前にしゃがみ込んでいる男の腐敗臭が、テントの中に充満した。

その時、今までにないほどの猛烈な風が吹いた。

ポールが折れた後、俺はいったいどうなってしまうのかと思った。その瞬間、強風が男を直撃し、どす黒い顔面の皮膚がずるりと剝《む》けて、闇の中に吸い込まれるように消えた。

続いて首から上が、そしてぼろぼろの山シャツと共に体が風に飛ばされて、最後にポールをつかんでいた腕が飛ばされた。

とたんにポールが大きくしなり、テントが大きく傾いた。

暴風雨は夜半を過ぎて静かになり、夜が明けたころには雨も上がった。

俺は雨に濡《ぬ》れたテントを乾かすのももどかしく、駆け足でK岳を下った。

それ以来、俺はK岳には登っていない。

稚児落とし

大月《おおつき》駅で下車して桂川《かつらがわ》の橋を渡り、しばらく車道を歩くと岩殿山《いわどのやま》の登山口に着いた。大月駅から十分くらいの道のりだ。

冠木門《かぶきもん》を潜ると岩殿山に関する説明板が立っている。岩殿山は九世紀末に天台宗の円通《えんつう》寺として開創されたと伝わる。

十世紀の初めには三重塔、観音堂などの建物が並び門前町が形成され、十三世紀には修験道の修行場として栄えた。

その岩殿山に戦国時代に築かれたのが岩殿城であり、甲斐《かい》国都留《つる》郡の国衆小山田《おやまだ》氏の居城とされ、戦国時代には東国の城郭の中でも屈指の堅固さを持っていたことで知られたそうだ。

山道から歴史の匂いを嗅《か》ぎながらのんびり歩くと、岩殿山中腹にある丸山《まるやま》公園にたどり着く。

ここからは鏡岩の眺めがよい。鏡岩は頂上の南側直下に礫岩《れきがん》が露出した、高さ約百五十メートルの絶壁で、狭い平坦地を挟んでさらに急角度で桂川まで落ち込んでいる。

丸山公園内には「岩殿山ふれあいの館」という資料館が建っており、岩殿城や小山田氏について学ぶことができる。

一五八二年の織田《おだ》軍による甲州《こうしゅう》征伐で、武田《たけだ》軍の勇猛な家臣として知られていた小山田信茂《のぶしげ》は、新府《しんぷ》城から敗走する武田勝頼《かつより》に岩殿城での籠城《ろうじょう》を勧めるが、直前になって織田方へ寝返り、武田勝頼を郡内に入れなかった。

万事休した勝頼は天目山《てんもくざん》の戦いの末自害し、甲斐武田氏は滅亡した。その後、小山田信茂は織田信長《のぶなが》に拝謁を求めるが、逆に武田氏への不忠を咎《とが》められて処刑されたのである。

甲府《こうふ》を拠点とした甲斐の国の者からすれば、甲斐武田氏を謀反《むほん》で滅亡させた謀反人という解釈が一般的だが、大月では勝頼を見限ることで領地を戦火から守った英雄のような扱いになっているようだ。

再び歩きはじめて振り返ると、青空の中に富士山が、綺麗《きれい》な角度でそびえている。

丸山公園から再び山道を登る。登山と言うよりハイキングと言った方がぴったりくる楽しい道である。

途中、分岐を過ぎて少し登ると広々とした岩殿城跡。すなわち岩殿山の山頂である。辺りには蔵屋敷や本丸、そして馬場跡や亀《かめ》ガ池《いけ》と呼ばれる岩を組んだ小さな池があり、今でもかすかに水を溜《た》めている。

標高六百三十四メートルの低山とはいえ、これほどまでの岩山の山頂に城を築いた当時の苦労がしのばれる。

城跡で三十分ほどのんびりしてから、来た道を引き返し、分岐点から今日の目的である稚児落《ちごお》とし方面に向かう。

織田勢に攻め込まれた小山田の婦女子が、城を捨てて逃げ落ちるために通った落城の道である。

山頂までの登山道の雰囲気とはがらりと変わり、大岩や一枚岩の連続する険しい道だ。大岩には、鎖やロープ、足掛けなどの補助具が設置されているが、これに頼らず三点支持でよじ登った方が安全である。

鎖場を過ぎると、絶壁の側面にわずかに張り出したヘツリが現れる。距離は短いがその幅は二十センチほどしかなく、その下は垂直に切れた一枚岩であり高度感はなかなかのものだ。

その後も小さな鎖場を越していく。目の前に見える兜岩《かぶといわ》がすごい迫力だ。

鎖場を過ぎて、久しぶりの土の道を通り過ぎると、目の前に、馬蹄《ばてい》の形でU字形に幅約百五十メートル、垂直に二百メートル切れ落ちる、一枚岩の大岩壁の稚児落としが突然現れた。

まるで岩でできたナイアガラの滝のような壮絶な光景だ。

甲斐武田氏滅亡後、織田信長の命で、城主の小山田信茂は甲斐善光寺《ぜんこうじ》に出頭する。その隙をついて攻め込んだ北条《ほうじょう》勢によって岩殿城は陥落寸前となった。

岩殿城に残った小山田氏の婦女子たちは、当時からいざという時の逃走路として整備されていた西に逃げる道に入る。

分岐点である堅手《かたて》門《もん》から大手門を通り、築坂《つきさか》峠から厳しい岩道をたどって兜岩を過ぎ、そして呼ばわり谷の大岩壁まで逃げ落ちる。

ところがここで夫人が背負っていた稚児が突然泣きだし、このままでは敵に発見されてしまうと案じた夫人が稚児に最期の水を飲ませてから、護衛が奈落の底に稚児を投げ落とした。

その謂《いわ》れから、この大岩壁を稚児落としと呼ぶようになったのだそうだ。

稚児に最期の水を飲ませたという、水くれ堂の近くで腰を下ろし、僕は壮絶な岩壁を眺めながら、戦国時代の厳しさを思い描き、そしていま自分が生きている時代の平和に感謝した。

山ズボンのポケットから、氷砂糖をつまみ出して口に含んでから腰を上げ、岩壁に近づいて恐る恐る下を覗《のぞ》き込む。実際に崖《がけ》の間際に立ってみると想像以上の高度感だ。

普通、こういう状況では後ろに人の気配を感じたり、不意に背中を押されるような不安な気持ちになったりするものだ。しかし、僕が感じたのは背後に感じる恐怖心よりも、谷底から何者かに睨《にら》まれているような異様な威圧感だった。

その時、稚児落としの岩壁全体に、地の底からわいてくるように、男たちの雄《お》叫《たけ》びのような声が響き渡った。

うぉぉぉぉぉん

ぞっとして思わず岩壁から後ずさりをした僕は、わけがわからないまま、岩壁沿いの道を離れて樹林帯に入り、下山口に向かってつづら折りの道を走った。

冷や汗と本当の汗をかきながら、しばらく下ると小さな集落にたどり着いた。一軒の木造の小さな家の庭先で、腰の曲がった老婆が花に水をやっていた。その老婆と目があう。

「なんだか慌てているようだけど、山でなにかあったのかい?」

花にやるジョウロの手をとめて話しかけてきた。

稚児落としで聞いた男たちの雄叫びのような音の話をしてみる。

「ああ。それならば悪戯《いたずら》だよ」

老婆が笑って言う。

「悪戯?」

「そうさ。山の神様の悪戯だよ。その日の天候や風向きによって、岩殿山の下を通る道や高速道路を大きな車が通ると、その音が稚児落としの壁に反響して、雄叫びのような声に聞こえることがあるんだよ」

「なるほど。そういうことか」

たしかに岩殿山は、中央自動車道のトンネルのすぐ横にそそり立つ岩山だ。

「まあ、とにかく謂れのある山だから。あんたが不安に感じたならば、温泉にでも入って体を清めてから帰ればいいさ」

老婆の笑顔が少しばかり不自然だったので、もしかしてこの話自体が悪戯のような気もしたが、まぁいいだろう。

大月駅の近くには数軒の小さな鉱泉宿が点在しているという。

この地に長く住んでいるという老婆の言葉を素直に聞くことにして、僕は会釈をしてから、老婆に勧められた金山《かねやま》鉱泉を目指して、大月の街に向かってゆっくりと歩きはじめた。

足

石井《いしい》という山のベテランが、初秋の後立山《うしろたてやま》を、佐久間《さくま》、山口《やまぐち》という二人の山仲間と登った時の話である。

初日は大谷原から西俣《にしまた》出合いに建つ砂防ダムのトンネルを越えて、赤岩尾根の急登に次ぐ急登を頑張り、冷池《つめたいけ》山荘で一泊した。

翌日は、鹿島槍ヶ岳と五竜岳《ごりゅうだけ》の間に建つキレット小屋までの行程のつもりだから、朝ゆっくりしてから山荘を出発して、冷池山荘から少し離れたところにあるテント場を過ぎ、布引山《ぬのびきやま》のピークを越える。

石井を先頭に、まだ北アルプスの山にデビューして間もない佐久間が真ん中に挟まり、健脚の山口が最後を歩く隊列だ。三人の足取りは軽い。

目の前に鹿島槍ヶ岳の双耳峰が眩《まぶ》しいくらいに立ちはだかっている。

鹿島槍ヶ岳に突き上げる登山道は歩きやすく、ほとんど汗を流すこともなく双耳峰のひとつである南峰にたどり着いた。

天気もよく、南峰からは三百六十度の大展望を拝むことができた。槍ヶ岳や剱岳《つるぎだけ》はもちろん、遠く富士山の雄姿まで空の向こうに浮かんでいる。

雪田を過ぎて八峰《はちみね》キレットとの分岐である吊尾根からひと頑張りして、三人は北峰まで足を延ばした。

北峰で思い思いにのんびり過ごした後、吊尾根分岐まで戻り、両側が鋭く切れ落ちた尾根の上に建つ、その名もキレット小屋を目指す。

鹿島槍ヶ岳側から五竜岳方面に向かう場合、深くV字状に切れ込んだ八峰キレットは、標高差約四百メートルの下りになる。

岩場を小さく上がり下りしながら、標高を下げていく。

北アルプス三大キレットのひとつに数えられている八峰キレットであるが、今は道も整備され、危険な箇所には梯子《はしご》や鎖もついている。

短い核心部を過ぎるころ、谷から急にガスが湧いてきた。あっという間に岩場がガスに包まれる。

鹿島槍ヶ岳の南峰で見た景色が、嘘のような天気の急変だ。

ガスの中、岩に通された細い渡り木をトラバースすると、ガスの中にキレット小屋を見下ろせるようになる。

さらに下り、小屋の前で、石井がザックを下ろす。少しして佐久間も小屋に到着した。初心者の割には、なかなかのペースだ。

ところが健脚なはずの山口が姿を現さない。

「そういえばガスが湧きはじめる手前のあたりで、後ろを歩いていた山口の足音が聞こえなくなったような気がするな。僕は自分がキレットを渡り終えるのに必死で、あまり気にしなかったんだけど」

佐久間が不安そうな顔をして言った。

慌てて石井が、今下りてきた八峰キレット方面に目をやった。

薄いガスの中、小屋まであと少しというところに、立ち止まっている山口の姿があった。

「なにやってるんだ山口！　早く来いよ」

口に手を当てて石井が声をあげる。

山口は動かない。右手を前に出して、二人に向かって手招きをしている。

「おいおい。冗談はやめろよ。足でも攣《つ》ったのか？」

声をかけながら、石井と佐久間が、立ち止まっている山口に駆け寄った。

「おい、どうした？」

石井の問いかけに、なぜか情けない顔をした山口が、震える声で答える。

「歩きたくても歩けないんだ。ちょっと俺の足を見てくれよ」

「なにを言ってるんだ。まさか地面から手が突き出て、自分の足首を摑《つか》んでいるなんて、くだらないことを言うなよ」

佐久間が笑いながら言い、二人は山口の足元を見た。

その瞬間、石井と佐久間の顔色が蒼白《そうはく》になった。

山口の両膝《ひざ》から下が、ぼんやりと消えかかっているのだ。

「途中で気を抜いて、小屋での夕食や酒のことなんかをぼんやり考えちゃったんだ。それで滑落した。それでさ……どうやら……俺……死んだらしい」

そう言ったとたん、情けない顔をしたまま、山口の姿はふっと消えた。

不死身の男

「俺は不死身なのさ」

長野の松本駅からほど近い、ナワテ横丁の奥にある居酒屋のカウンターで、芋焼酎のロックをあおりながら野村《のむら》が言った。

酒を飲むと必ず口にする野村のこの言葉を聞きながら、風間《かざま》は岳都松本の郷土料理のひとつである、山賊焼きを頬張りながら苦笑した。

確かに野村は、山仲間の間で不死身の男としてその名を馳《は》せている。

ことのはじまりは野村が山をはじめて三年目のこと。

十九歳の時に、厳冬期の八ヶ岳《やつがたけ》でブリザードに巻き込まれて迷走しながら、腰まで埋まる雪の中を三日間かけてもがきつづけた結果、誰の助けも求めずに自力で下山し、当時所属していた大学の山岳部の仲間を驚愕《きょうがく》させた。しかし代償は大きく、遭難で右足の薬指と小指、そして左足の親指と中指以外を凍傷ですべて失った。

「足には、踏ん張るために必要な親指さえあればいいんですよ」

二十歳前の若輩者である野村が、これまで数々の難ルートを登攀《とうはん》してきた山岳部の先輩たちにそう嘯《うそぶ》いたそうだ。

やがて大学を卒業し、彼の地元である長野の通信機器会社に就職したのだが、それを境にして、野村の山通いはより盛んになった。

積雪期の上高地屏風岩《びょうぶいわ》を、第一ルンゼから単独で登攀し、下降後、そのまま登山道がまったく整備されていない明神岳主稜《みょうじんだけしゅりょう》を登ってひょうたん池を経由し、明神岳東稜を踏破したのは二十五歳の時だ。

その後も、より難度の高い登攀に挑戦しつづけた野村だが、それに比例して単独で事故を起こすことも多くなった。

涸沢から挑んだ前穂高岳北尾根のバリエーションルートでは、五六のコルから、前穂高岳山頂を経て順調に五峰と四峰を越えたが、三峰に登る山用語でチムニーと呼ばれる岩壁の割れ目で滑り落ち、折れた肋骨《ろっこつ》二本を左の肺に突き刺したまま、片肺の状態で激痛に耐えながら自力で生還した。

厳冬期の谷川岳一ノ《たにがわだけいちの》倉沢滝沢《くらさわたきざわ》リッジは、際限なく降り注ぐ塵《ちり》雪崩の中を、驚異的な体力と技術で完登したが、下山中に何でもないナイフリッジでアイゼンの爪を引っ掛け、三十メートル滑落して大腿骨《だいたいこつ》を骨折した。それでも救助を呼ばず、自力で山を下りて来たのだから確かに大したものだ。

それ以外にも、野村が大怪我をした山行は、片手の指では足りないほどだ。しかし、普通の人間ならば、登山どころか、毎日の生活を送るにも支障をきたすような大怪我を負いながら、決して楽ではないリハビリを笑顔でこなし、半年も経たないうち野村は山に復帰してくるのである。

「俺は不死身なんだよ」

奇跡的に生還するたびに、野村は周りの山仲間の前で豪快に笑うのだった。

「ところで今度の屏風と奥又白だけどさ」

野村が楽しみでしかたがない、といった笑顔で風間を見た。

三週間後に、風間は野村と、初冬の屏風岩と奥又白四峰正面壁を登攀する予定だ。上高地から涸沢へ進む途中、梓川の流れの対岸に、登山者を威嚇するように聳《そび》え立つ屏風岩を登ってから、取って返して、奥又白四峰正面壁を登攀しようという計画である。確かに、頭の中で思い描くだけで楽しみなルートなのだが、風間の心の裡《うち》には少なからず不安があった。

これまで、風間は何回か野村とザイルを組んで岩壁を登攀した経験がある。確かに野村の登攀は力強く、そして技術もある。しかし、経験を積めば積むほど、野村の登り方が乱暴になっているように風間は感じていた。

前を行く野村が、慎重に進むべき雪壁のトラバースを、無遠慮に雪を切るように横切り、いつ雪崩を起こすか肝を冷やしたこともあったし、オーバーハング気味の壁を越える際に、四肢のうち岩から離すのはひとつだけという、岩登りの大前提である三《さん》点支持《てんしじ》さえ守らずに力任せに覆いかぶさる岩を越えていくのを、ザイルで確保しながら見たこともある。

どんなに大きな事故を起こしても、自力で生還する自分の体力と運に、野村が何時のころからか過信している節があるのではないかと、風間は最近思いはじめていた。

「屏風岩と奥又白四峰正面壁をおまえとやるのは、前からの約束だからかまわないが」

風間はその不安を隠すことなく、野村の顔を正面から見て言った。

「屏風岩はいいが、奥又白四峰正面壁は、ザイルを結ばず、お互いフリーでやらせてくれないか」

野村がぽかんと口を開ける。

「おいおい。パーティを組んで登るっていうのに、ずいぶん冷たいじゃないか。俺とおまえの仲だぜ」

「別におまえの技術を疑っているわけじゃないよ。登攀の腕に関しては、俺より野村の方が一枚も二枚も上だ」

「じゃあ、どうしてだい。もしおまえがへまをして墜《お》ちたとしても、俺がザイルできっちり確保してやるぜ。それでもおまえが大怪我をしていたら、不死身の俺がおまえを担いで下りてやるさ」

「だから奥又白四峰正面壁はフリーでやりたいんだよ」

「はあ？」

「確かにおまえは不死身かもしれない。普通の山男だったら、今頃この世にいないかもしれない。でもな」

「なんだよ」

「俺とザイルを組んで事故を起こすのが怖いんだよ。だってそうだろう。おまえと違って、俺は不死身じゃないんだよ」


　上高地街道と呼ばれる梓川沿いについた道を歩き、街道の終点にある横尾《よこお》山荘を過ぎて、槍沢《やりさわ》に向かう道と分かれて横尾本谷を登る。

　これから挑む屏風岩の大岩壁が聳え立っている。梓川の清流を隔てて佇《たたず》む圧倒的な垂壁は、まるで二人の技量を意地悪く測っているように見える。

　岩小屋を過ぎて丸太の橋を渡り終えたころ、ちらちらと山道に雪が見えはじめた。たどり着いた涸沢は、紅葉の時期をとうに過ぎたこともあり、シーズン中の喧騒《けんそう》が嘘のように静かだった。穂高の山々に囲まれ、太古の時代に存在した氷河の置き土産である、グローブの底のような涸沢カールのテント場には、数張りのテントしか見当たらなかった。

野村と風間は各々一人用のテントを張って、早々と寝袋の中にもぐった。

翌朝、夜明け前に行動を開始して、沢を登り詰め屏風岩の取り付き点にたどり着いたころに太陽が顔を出した。雪の量は少なく、くるぶしの辺りまでしか積もっていなかった。

最初のピッチは野村がトップで登った。相変わらず岩を捉《とら》える手足の動きは滑らかだ。しかし、見上げる野村のその動きの中に、風間はやはり一抹の不安を感じた。

やがてチムニー状の岩陰に野村の姿が消え、するすると伸びていたザイルが止まった。

「オッケーイ！　登ってこーい」

野村の明るい声が屏風岩の岩陰に木霊《こだま》する。ザイルに導かれるように風間が慎重に登ると、小さな岩棚の上で、野村が満面の笑みを浮かべて待っていた。

その後、横尾から見上げるかぎり、垂直で巨大な一枚岩にしか見えない屏風岩に、実はひさしのように突き出ている岩棚で休憩を取るまで、野村がトップを取りつづけた。ザイルを確保しながら見上げる風間からは、野村の登攀はやはり雑に見えるのだが、それでも軽やかに乗壁をつたって登りつづける。

しかし、不安を拭《ぬぐ》いきれなかった風間は、その岩棚から先の、頭上に覆いかぶさるオーバーハングした核心部を、自ら主張してトップで登った。一枚岩の岩壁の割れ目に打ち込まれた鉤《かぎ》状の金具の残置ハーケンが、いやらしく微妙な間隔で打ち込まれているが、岩に打ち込まれた根元に錆《さび》が浮いていて、積極的にそれを使う気になれない。新たにハーケンを打ち込む岩の割れ目も見当たらず、苦戦しながらも覆いかぶさる壁をなんとか乗り越える。

慎重に岩壁のルートを探りながら登っていくと、やがて斜面の傾斜も少しだけ緩やかになり、雪と露で湿った灌木《かんぼく》帯に入った。そうはいっても傾斜が垂直ではなくなっただけで、垂壁で疲弊しかけている体にはきつい急登である。

息を切らしながら灌木につかまって強引に急な斜面を頑張り、やっと現れた樹林帯に入って、風間と野村はザイルを解いた。

「最後の最後に、けっこうな体力を使っちまったな。早くテントに戻って、明日に備えて横になろうぜ」

ザイルを回収している風間の横で、野村が朗らかに言った。

後は、屏風の頭と呼ばれるピークを越えて、涸沢カールに続く道を進むだけだ。

野村が先行して歩き、屏風の頭に着いたころには、そろそろ日が陰りはじめていた。

初冬の山の日暮れは早い。この先の道のりを考え、ヘッドライトを準備しようか風間が迷った時、前を歩いていた野村の右足が一瞬滑ったように見えた。

凍結した場所に不用意に足を置いたのか。

次の瞬間「あれっ」という気の抜けた声を残して、野村の姿は岩稜帯の右側に消えた。

「野村！」

風間が慌てて駆け寄る。やはり野村が足を滑らせたところだけ雪が凍結していた。

急峻《きゅうしゅん》な岩の斜面を風間が覗《のぞ》き込む。

薄暗くなりはじめた屏風の頭からわずかに進んだ斜面から、四十メートルほど下に突き出した岩の上に、野村は不自然な形で止まっていた。

「野村！」

あらん限りの声で、風間が叫んだが反応はない。

ザイルを太い灌木に結び、風間は自分を落ち着かせるために、大きく深呼吸をしてから慎重に野村のもとに下って行った。

突き出した岩まで下りきり、そこに横たわっている野村の姿を見て、風間は息を呑《の》んだ。

滑落する途中で、岩に体を激しく打ちつけたのだろう。野村の右腕は肘《ひじ》から先がなく、左足は膝《ひざ》から下が吹っ飛んでいた。残った手足も、人間の関節を無視したように、あらぬ方向を向いて曲がっている。かろうじてヘルメットは被ったままになっていたが、左半分が大きく陥没していて、その下にある頭蓋骨《ずがいこつ》がどうなっているか容易に想像ができた。

屏風岩の垂壁を難なく完登しながら、まさかこんなところで墜ちるとは。

思わず天を仰いだ風間の足元で、突然はっきりした声が聞こえた。

「おい。風間」

声を聞き、慌てて風間が足元に目をやると、驚いたことに野村がはっきりと目を開けて、風間を見上げていた。

「おまえ……生きているのか……」

目を見開いて覗き込んだ風間に向かって、野村が唇の端をゆがめるように笑って言った。

「言っただろう……心臓をやられない限り、俺は不死身なんだよ」

風間は声が出なかった。普通の人間ならば、間違いなく即死の状況である。

「すまんな。さすがにこの有様じゃあ、明日の奥又白は厳しいや」

「野村……」

「化け物を見るような目で見るなよ。冷てえなあ」

「いいから黙っていろ」

「おまえが、奥又白四峰正面壁はフリーでやらせろと言った意味が、今更ながらわかった気がするよ」

「黙れって！　すぐに救助を呼ぶから」

「こんな時間じゃあ、救助に来るのは明日の朝だよ。それにさ……」

「なんだ？　どうした？」

「自分で好き勝手なことをやっておきながら、失敗したから助けてくださいっていうのは、なんとも情けねえよ」

口の端から血を垂らしながら野村がしゃべりつづける。

「まあ。明日の朝でも俺は助かるだろうが……恥を忍んで生還しても、さすがにこの体じゃあ……これから先がなあ」

「そんなことは生きて帰ってから考えろ！　今はとにかく気持ちをしっかり持て」

「生きて帰るさ。なにしろ俺は不死身なんだから」

「そうだよ。野村！　おまえは不死身なんだ！」

風間の言葉を無視するように、野村が突然、哀願するような顔になって言った。

「なあ……風間」

「なんだ？　どうした？」

「おまえに頼みがあるんだ……おまえにしか頼めないことだ」

「なんだ？　なんでも言ってみろ」

不自然な形で横になっている野村の肩に手を掛け、呼びかける風間の言葉を聞いて、野村は大きく息を吸い込み、やがてその息を吐き出しながら、妙に明るい声でこう言った。

「風間。頼むから俺を殺してくれ」

なんじゃもんじゃ

正月ぼけが抜けないまま迎えた一月上旬の三連休。最近、よく山行を共にする典子《のりこ》ちゃんと、雲ひとつない蒼《あお》く澄み渡った空に誘われて、久しぶりに三浦《みうら》半島の山に向けて車を走らせた。

今回登るのは鷹取山《たかとりやま》。その昔、室町後期の武将、太田道灌《おおたどうかん》がこの地で鷹狩りをしたことから名前がついたとの謂《いわ》れがあるこの山は、標高百四十メートルに満たない低山ではあるが、山頂の展望台からは三百六十度の好展望が得られ、東京湾から江ノ島《えのしま》や烏帽子岩《えぼしいわ》、遠くは富士山まで見渡すことができる。

実家からほど近い保土ヶ谷《ほどがや》バイパスに南本宿《みなみほんじゅく》インターから入り、そのまま横浜横須《よこはまよこす》賀《か》道路を逗子《ずし》方面に走る。晴天が約束された前夜、箱根《はこね》の金時山《きんときやま》か三浦半島の鷹取山に登るかを決めかねていた僕は、鷹取山に登ってみたいと急に連絡をしてきた典子ちゃんの明るく柔らかい声に、あっさり首を縦に振り、下山後に金時山の麓《ふもと》で食べる足《あし》柄古《がらこ》道万葉《どうまんよう》うどんをあきらめたのだった。

連休中とは思えないほど車の量が少ない有料道路を走り、朝比奈《あさひな》インターで典子ちゃんを拾い、逗子インターを降りる。

極度の方向音痴のくせをして、地図というものをほとんど見ることをしない僕は、インターからわずかな距離にあるはずのJR東逗子駅に、いつまで経ってもたどり着けない。何度も同じ道を走ったあげく、車を降りてコンビニの袋を提げた地元のおばちゃんに、頭を掻《か》きながら道を聞いた。助手席から顔を出して、典子ちゃんが笑っている。

駅は、そこからわずか百メートルほどの距離にあった。

駅前にパーキングを見つけて、あまりの方向音痴ぶりを、典子ちゃんにダメだしされながら車を駐《と》める。

雨具と水筒、そして小型バーナーとコーヒーだけが詰まった軽いザックを背負い、駅前の踏み切りを越えて、鷹取山の登山口を目指す。

鷹取山には、この東逗子駅からのコースの他にも、追浜《おっぱま》駅からのコース、京急田浦《けいきゅうたうら》駅からのコースなど、いくつもの道がついている。

しかし追浜からのコースは、麓の宅地造成が進んだ現在、鷹取小学校を経てわずか三十分で展望台下の庭園に着いてしまう散歩路だし、田浦からのコースは変化のない尾根道なのだそうだ。

古刹《こさつ》神武寺を経て山頂展望台にいたる、ここ東逗子駅からのコースが一番変化に富んでいて、歩いて楽しい道だと典子ちゃんが下調べをしてくれていた。

駅前の案内板の通り、踏み切りを渡って坂道を僅かに行くと、住宅の横に神武寺へと続く参道が現れる。

住宅が途切れると、道はやがて歴史を刻む石畳となり、街からわずかな距離にありながらあたりは意外なほどの静寂に包まれる。

ハイキングシューズを通して、足につたわる石の冷たさが心地よい。

歩きながら、典子ちゃんが、太田道灌と鷹狩りの逸話を話してくれた。

山吹の話である。

初めて江戸《えど》城を築いた足利《あしかが》時代の武将、太田道灌が鷹狩りに出た際、突然の雨に降られ、山の中腹にあった小屋で雨宿りをしながら、小屋の住人に蓑《みの》を貸してくれるよう頼んだところ、中から若い女性が現れて、八重咲きの山吹の花一枝を折って差し出したという。

その意味がわからないまま、蓑を貸さない女性に立腹して小屋を後にした道灌は、城に帰ってから才ある家人から、それは蓑を貸すことのできない家の貧しさを、古い歌で伝えたものであることを教えられ、自分の無知を恥じるとともに、その女性に感銘を受けて歌の道を学んで後に武将としてだけでなく、文人としても大成したと伝えられている。

七重八重　花は咲けども山吹の　実のひとつだに無きぞ悲しき

これは、後拾遺《ごしゅうい》和歌集にある、兼明《かねあきら》親王の出典であると伝えられている。

この逸話の山が、はたして鷹取山なのかどうかは定かではないが、その情景を頭に描きながら、歴史を刻む石畳をのんびり歩くのも里山歩きの楽しみのひとつである。

駅から近く、歩行時間も短くて、週末ハイクには格好の場所のはずなのだが、案に反して出会うハイカーの姿はほとんどいない。

そのため、時はゆっくりと流れていて、僕と典子ちゃんは、赤い烏帽子を被って岩間に佇《たたず》む数体の地蔵のひとつひとつの表情を間近でゆっくりと見比べながら、三浦半島特有のやわらかい岩盤が露出した石の道をのんびりと歩いた。

やがてたどり着いた天台宗神武寺の歴史は古く、奈良時代に行基《ぎょうき》が創建し、その後、平安時代になって慈覚《じかく》が中興したと伝えられている。

境内には、樹齢四百年と推定される老木が祭られている。

『なんじゃもんじゃ』と呼ばれる大木だ。

老木の横に案内板があり、（ポルトガルから移植されたとも伝えられる）この木は、実際は日本にも古くから自生しているホルトノキであり、（当時の人がこの木の種類がわからずに、適当に名前をつけてしまった）と書かれていた。

「適当ですって。ずいぶん昔にも、潤平さんみたいな人がいたんですね」

なんじゃもんじゃの木の傍らにある木のベンチに腰かけながら、典子ちゃんが口に手を当てて笑った。

神武寺でたわいない話に花を咲かせ、ずいぶん長い道草をしてしまった僕たちなのだが、別に急ぐ必要もない。

寄り道をしなくとも、登山口から鷹取山は一時間程度でたどり着ける山であり、車を三浦半島に向けた時から、風のないうららかな正月の昼下がりを、鷹取山の広場のような岩の上で、典子ちゃんとのんびり過ごそうと思っていた僕は、いつもより更にゆっくりと変化に富んだ岩の道を楽しんだ。

神武寺から先、鷹取山には直登、巻き道と幾筋も道がついていて、どの道を行ってもいずれは山頂の展望台にたどり着く。

しかし展望台直下の岩についた幾つかの道だけは、慎重に選んだほうが良い。

展望台を見上げ、安易に取りついた一枚岩の壁は、予想以上に滑る上に高度感もあり、一汗かいて脱いだフリースジャケットを小脇に抱えたままだった典子ちゃんは、いまさらそれをザックにしまう術《すべ》もなく、少し不安定な体勢でこの岩壁を登った。

真っ青な空の下、展望台からは富士山の真っ白な頂きも眺められるが、正面に渡された送電線が少しばかり邪魔だ。

しかし、展望はまさに三百六十度開けていて、特に眼下の切り立った岩峰の向こうに広がる東京湾には、日差しを受けてきらめく海面の中に、大型の貨物船や白い帆のヨットなどが浮かび、三浦半島の山ならではの楽しさを満喫することができた。

やがて、後ろから追いついてきた中高年の団体に追われるように展望台を下り、わずかに田浦側に下って、この山の特徴である切り立った岩峰群の乱立する鷹取山の庭園と呼ばれる場所に下り立つ。

もともと、上州《じょうしゅう》の奇峰妙義山《みょうぎさん》に似ていることから湘南《しょうなん》妙義と呼ばれていた鷹取山であるが、その岩質の扱いやすさから、明治から昭和初期にかけて建築用の石材として山頂部の大半が切り出され、その結果として異様な山容の人工的な垂壁の山となった。往時の山容は想像も出来ないが、かつては天台宗の修験道であったというこの山は、さぞかし険しい岩山だったのであろう。

本来の山の面影はないが、その結果としてこの山は関東地方屈指のクライミングゲレンデとなった。

アクセスが簡単で、しかも取りつきが楽なため、安易にクライミングに挑戦した初心者の相次ぐ転落事故で、一時は登攀《とうはん》禁止となった鷹取山の垂壁だが、今は指導所の許可を得ることで登攀することが可能となり、週末になると多くのクライマーたちで賑《にぎ》わっている。

僕と典子ちゃんは、一枚の平らな岩の上に腰を下ろして、バーナーでコーヒーを沸かし、典子ちゃんがザックから取り出したスナック菓子を摘《つま》みながら、そそり立つ岩峰に取りつくクライマーたちの奮闘ぶりをのんびりと眺めた。

人間の生活のために、無残にその姿を変えてしまったかつての名峰には、石の切り出しのために作られた無数の道がついており、そのひとつひとつをくまなく散策すれば一時間くらいの時間はすぐに経ってしまう。

時には、切り出した岩と岩の間に差し込む日の光が、まるでダイヤモンドのように拡散する幻想的な光景に出会ったりして、クライマーとはまた違った方法でこの山を楽しむことができるのである。

奇岩の庭園を散策するうちに、無人の垂壁を見つけた時、典子ちゃんが悪戯《いたずら》っぽい目で僕を見てからその垂壁に近づいた。

クライマーの雄姿に触発されたのかと一瞬思ったが、岩に取りついてすぐに振り向き、典子ちゃんが僕に向かって叫ぶ。

「潤平さん。アップで写真撮ってー」

地面からわずか五十センチほどの高さなのだが、アップでカメラのファインダーを覗《のぞ》くと、それなりの登攀に見えるから面白いものだ。

垂壁から飛び降りた典子ちゃんが、舌を出しながら戻ってくる。

「クライマー典子。垂直に挑む！」

可愛い鼻を高くして、典子ちゃんが弾けるように笑った。

帰りは、来た道を戻らず尾根道を田浦に下りることにした。

田浦から、車を駐めた東逗子までの道はわからないが、麓に下りればなんとかなるだろう。

尾根道を進むうち、展望台からもはっきりと見てとれた、巨岩に刻まれた磨《ま》崖仏《がいぶつ》の弥勒菩薩《みろくぼさつ》尊像石像が現れた。昭和三十年代に横須賀在住の彫刻家によって建立されたこの巨大な石像は、垂壁とともに鷹取山の象徴として優しい目で天を見据えていた。

その大きさと荘厳さに、典子ちゃんが高揚した顔をして見惚《みと》れている。

田浦へ向かう尾根道を下るうち、西の林が切れて、ついさっきまで遊んでいた鷹取山の岩峰が蒼《あお》い空にぽっかりと浮かんだ。

遠くから見ても不自然に切り立ったその壁は、すでに果てた主のいない険しい山の上に立つ要塞《ようさい》のように見えた。

海に近い土地特有の標高であることを差し引いても、丘のような高さしかないのだが、しかし変化に富んだ魅力的な山だ。

「できることならば、昔の形の時に潤平さんと登ってみたかったなあ」

典子ちゃんが、その景色を眺めながらぽつりと言った。

神武寺を過ぎたころから、僕たちの背後に、巨大な石切鋸《のこぎり》を持った片腕のない黒い影がずっとついて来ていて、いまやっとその姿が消えたことは典子ちゃんには内緒にしておこう。

黒い影が見つめていたのは、典子ちゃんではなく間違いなく僕だった。

楽しかった山行を、不安な気持ちに変えて終わらせるのは、あまりにも無粋である。

ブランコ

奥多摩《おくたま》はずっと興味を抱いていながら、自宅からのアプローチの長さもあって、これまでなかなか足を向けることのなかった山域である。

しかし、ある年の正月、実家でゴロゴロしながら、本棚にあった奥多摩、奥武蔵《おくむさし》のガイドブックを見るうちにむくむくと興味が湧いてきた。

それぞれの山に伝説が残り、そしてなにより山の麓《ふもと》にはひなびた集落が今も残っていて、ガイドブックの写真を眺めているだけで心が落ち着いてきたのである。

僕は山仲間の熊谷《くまがい》を誘い、小型ザックに日帰りのパッキングを済ませると、霜の降りた土の道を踏みしめてバス停に向かい、白い息を吐きながらバスを待った。

熊谷はロマンチックな男だ。山に登る目的が頂上を目指すことではなく、歩く行程に重きを置いていること自体僕と気が合っていたし、なによりいい年になってもまだ、女性に対して少年のような憧《あこが》れを持っているのが微笑ましい。女性は、女性であるだけですでに美しいと、心の底から信じている純粋な男なのだ。

まあ、だからこそ四十歳を過ぎても、いまだに独身なのかもしれないが。

高水三山《たかみずさんさん》は高水山、岩茸石山《いわたけいしやま》、惣岳山《そうがくさん》の三つの頂きを結ぶ奥多摩の縦走路であり、山中に常福寺《じょうふくじ》、青渭《あおい》神社奥の院というふたつの古刹《こさつ》を置く信仰の山である。奥多摩の山にしては珍しく、最寄り駅からバスを利用することなく、縦走気分を楽しみながら駅から登って駅に降りることのできるアプローチの良い山である。

自宅から鉄道を四本乗り継ぎ、三時間弱をかけて登山口がある青梅《おうめ》線の軍畑《いくさばた》駅に着いた時には、時計の針はすでに午前十時を回っていた。

駅員のいない小さな軍畑の駅前に、すでに熊谷が待っていた。無人の改札を通り過ぎた僕の姿を認めて手を上げる。

駅前に、登山客のためにあるような小さな雑貨屋がぽつんと一軒だけ店を出しており、駅で降りた登山客が菓子パンやペットボトルの飲料水などの買い物をしている。連なって歩くのが嫌いな僕と熊谷は、店の前のベンチにザックを下ろして、何とはなしにパッキングのし直しなどをしながら、いっしょに降りた登山客が姿を消すのを待った。

十分ほどで賑《にぎ》やかだった登山客はすべて姿を消した。

高水三山の一座目である高水山への登山口までは、山村に流れる平溝川《ひらみぞかわ》に沿うように続く約三十分の車道歩きである。

車道から見下ろす川の流れは、同じ東京都でありながら、都会では考えられないほど清らかに透き通っていて、目を凝らすことなく小さな川魚を見つけることができる。

一月だというのに、まるで春のようなぽかぽか陽気の中を、僕と熊谷はだらだらと登りつづける車道をゆっくりと先に進んだ。

やがて道が細くなり、最後の民家の先に緑色の砂防ダムが現れて、その脇についた急な階段を登り切ると、道はやっと本格的な登山道となる。

いつもながら土の道を踏むとほっとする。

山道はところどころで霜柱が立ってそのまま凍結しており、それを枯葉が隠している。

その上に足を乗せると、ザクッと心地よい音がして山靴の形に道がへこむ。

熊谷はどうやらそれが楽しいらしく、宝探しをするように、枯葉が敷き詰められた登山道を右に左に踏み歩いている。

土の道を登りはじめて一時間。高水山山頂の直下に鎮座する高水不動尊常福寺にたどり着いた。

鎌倉時代の武将、畠山重忠《はたけやましげただ》の信仰が篤かったといわれる古刹の境内にはいくつものベンチが備えられ、春のような日差しの下で先行した登山者達が、腰を下ろしてひと息ついていた。

畠山重忠は鎌倉時代、源頼朝《みなもとのよりとも》から信頼厚く重用されながら、執権北条時政《ときまさ》の策略に嵌《はま》り、数十騎で馳《は》せ参じたところを、一万の騎馬隊で迎え撃たれて討ち死にした悲運の武将である。

その最期を遂げた場所が、僕が物心つく前から育った万騎《まき》が原《はら》なのである。

境内の中央に、登山者のためか焚《た》き火《び》が焚かれていたが、ぽかぽか陽気の中、それに近づく登山者はひとりもいなかった。

僕と熊谷は、見事な造りの本堂の彫刻を眺めながら、水筒に入れた冷たいお茶で喉《のど》を潤した。

しばらくして腰を上げ、本堂左手のなだらかな斜面を五分ほど行くと、高水山の山頂手前の尾根に登りついた。

尾根の南面が一部綺麗《きれい》に開けていて、そこから御岳山《みたけさん》、日《ひ》の出山《でやま》、大岳山《おおだけさん》、御前山《ごぜんやま》といった、奥多摩の名立たる山が見渡せる。

青空は広がっているが気温は高く、山には霞《かすみ》が掛かってぼんやりと墨絵のようである。

高水山の山頂にはベンチ代わりの丸太が点在しているはずだったのだが、実際に登ってみると、そこには真新しい立派な木製のベンチがいくつも備えられていた。

樹林に囲まれた山頂には展望はなく、北面の樹林越しにわずかに奥武蔵の山々が遠望できる程度だ。

常福寺でたっぷり休憩を取った僕と熊谷は、山頂で足を止めることなく、そのまま次の目的地である岩茸石山へと続く木段の急な下りに足を踏み入れた。

高水山を下りきると、登山道は緩やかになり杉林の中を縫って進む気持ちの良い峠道となる。

そこを通り過ぎようとした時、熊谷が、ちょっと用を足してくると言って登山道を外れ、杉林の中に消えた。

林の中に見えなくなった熊谷を確かめて、僕はタバコを一本吸った。嫌煙家の熊谷に遠慮して、今までずっと我慢していたのだ。

しばらくして林の中から戻ってきた熊谷は、なぜかキツネに抓《つま》まれたようなおかしな顔をしていた。

「どうかしたのか？」と聞く僕に、熊谷は曖昧《あいまい》に笑って「あとで話す」と言った。

やがて登山道は、木の根と岩の混じった急登となる。

見上げて一瞬ひるむような急坂だが、距離的にはごくわずかであり、いざ登りはじめてみたら、あっけないくらい楽に岩茸石山の山頂にたどり着いた。

岩茸石山からの展望は見事である。

南面には奥多摩の山々が空に浮かび、北面にはこれまで見ることのできなかった子《ね》の権現《ごんげん》、武甲山《ぶこうざん》、伊豆《いず》ヶ《が》岳《たけ》といった奥武蔵の山々が眼前に広がる。

山頂付近は、先行していた登山者や御岳《みたけ》側や、棒ノ《ぼうの》折山《おれやま》方面から縦走してきた登山者達が、思い思いに車座を作って休んでいて、ことのほか賑やかだった。

岩茸石山で三十分ほどのんびりし、山頂から真っ直ぐ延びる棒ノ折山への尾根道を右に見て、高水三山最後の頂きである惣岳山へ続く露岩帯の山道を下る。

前を歩く熊谷の足取りが、いつもより軽く見える。

下りきれば道は再び緩やかになり、右下に樹林を通して丹波《たば》川《がわ》に沿うように続く集落の屋根が見えてくる。

惣岳山の頂上手前は伐採が進んでいて、そこから大岳山と思われる大きな山姿が見てとれた。

頂上直下は露岩帯の急登だが、距離的には百メートル程度なので、山歩きの最後の登りを楽しむにはちょうど良いものだった。

岩茸石山から約四十分でたどり着いた惣岳山の山頂は、杉と檜《ひのき》の老木に囲まれて静寂の中にあった。

初夏ならばヒグラシの声が似合いそうな頂だ。

山頂の中央に、大国主命《おおくにぬしのみこと》を祭った青渭神社奥の院が鎮座しており、その周りを獣除けのためなのか金網が囲っている。

金網越しに神社を覗《のぞ》いたら、龍の精巧な彫刻がこちらを睨《にら》んでいた。熊谷は、その姿を興味深そうに長い間眺めていた。

高水三山、最後の頂きで喉を潤し、山の作りだすできたてほやほやの空気を胸一杯に吸い込んで、僕と熊谷は惣岳山を後にした。

途中、小さなピークはあるものの、ここからは御嶽駅まで一時間ほどの下り道である。

杉林の暗い尾根道を熊谷と時々言葉を交わしながら下っていたら、登山道の北面が突然切れて、今日歩いてきた高水三山のたおやかな峰が目の前に飛びこんできた。

僕と熊谷は、立ち止まってしばらくそれを眺め、ストックの先でひとつひとつの峰を確認してから、再び前を向いて歩きはじめた。

僕たちの前にも後ろにも、他の登山者の姿はひとりも見当たらなかった。

下った先の御嶽駅のすぐ側に、萱葺《かやぶ》き屋根の重厚な佇《たたず》まいをした蕎麦《そば》屋があり、僕と熊谷は迷わずその店に入った。

古くからの民家をそのまま店にしたらしく、店内は二つの大座敷がそのまま畳敷きの客室になっている。

ゼンマイなどの季節の山菜や、岩茸の酢の物をつまみに、独特の笊《ざる》に入った蕎麦をすすりながら、僕は熊谷に聞いた。

「ところで、高水山の下りで杉林の中に入った時、おまえ何かあったのか？」

「ああ。あの時のことか」

「なんだか、林に入る前と顔つきが変わっていたような気がしてさ」

「林の中でおかしなものを見たんだ」

「おかしなもの？」

「ああ。不思議な光景だったなあ。あまりにも現実的でない光景だったから、おまえに言えなかったんだ。でも正直、その光景を見た後、おまえと歩いた山は、正直上の空だったんだよ」

「いったいなにを見たというんだ？」

「林の中に入って、いざ用を足そうとズボンのチャックに手をかけた時にね。若い女性の笑い声が聞こえたんだよ」

「笑い声？」

「ああ。それで声のする方を見たらさ。林の中にひときわ大きな杉の木があって、そこからブランコが下がっていたんだよ」

「……」

「ブランコには空色のワンピースを着た若い女性が立ち乗りしていて、楽しそうにゆらりゆらりと揺れているんだ」

「おまえ、正気か？」

「自分でも目を疑ったよ、幻を見ているのかと思ってさ。でも、ブランコで揺れる女性の長い黒髪が、日の光に照らされて綺麗でね。思わず見惚《みと》れてしまったよ」

　その話を聞いて、僕は熊谷の顔を見たまま何度も首を振った。

「なんでもっと早く、その話をしなかったんだよ」

「いあや。だからさ。さすがに俺だって、山の中でそんな景色を見るなんて信じられなくてさ。おまえに馬鹿にされるんじゃないかと思うと切り出せなかったんだよ」

　僕はもう一度首を振り、そして熊谷の顔をまじまじと見つめて言った。

「おまえなあ。いくらなんでもロマンチストぶりにもほどがあるぞ。確かにおまえはその光景を見たんだろうよ。お前が自分で作り出した光景をね。だがな。おそらくそれは幻ではない。錯覚だよ」

「錯覚？」

「ああ、そうだ。つまりロマンチストで純粋なおまえが、突然目の前に現れた光景を受け止めきれなくて、おまえの脳が勝手に錯覚させたのさ」

「なにを言っているのか、よくわからないんだが」

「おそらく女性の笑い声など実際にはなかったはずだ。おまえの脳がすり替えただけの幻聴だよ」

「なにとすり替えたっていうんだよ？」

「普通の人間だったら、あまりにおぞましく、重たい空気に耐えられなくなるような、その場の雰囲気さ」

「なんだよ？　俺は幻聴を聞いた上に、なにを錯覚したってお前は言うんだよ」

「あのな。大きな杉の木からブランコが吊《つ》るされていて、それに立ち乗りした若い女性が揺れていたんだろう？」

「そうだよ。とても綺麗な横顔だった」

「綺麗なはずがない。それも、おまえが自分の心を守るために、勝手に作り出した錯覚だよ」

「だから、なにを錯覚したんだって、さっきから聞いているだろう」

「まだわからないのか。女性はブランコに揺られていたんじゃない。首を吊って揺れていたんじゃないのか？」

熊谷が、口をあんぐりと開けたまま黙ってしまった。

僕はため息をつき、もう一度頭を振りながら自分の携帯電話を熊谷に渡した。

「まだ日暮れまで時間がある。警察に電話して、おまえが女性を見たという場所をしっかり説明しろよ」

熊谷は震える指で、僕が渡した携帯電話のボタンを押した。

戸惑いの結末

冷池《つめたいけ》山荘のテント場は、山荘から十分ほど登った稜線《りょうせん》を、さらに一段登った小さな空き地にある。

水場もトイレもない。それを利用する場合は、今来た道を山荘まで戻らなければならないようだ。

「こりゃあ、夜は嫌だなあ」

トイレや水はもちろんだが、さえぎる物のない高台の空き地では、雷が来た時に怖そうだ。

しかし、景観は最高である。テント場の正面に、剱岳の勇姿が雲に浮かんでいる。どこから見ても格好の良い山だ。

今日は遅い時間に出発し、扇沢《おうぎさわ》から柏原《かしわばら》新道を登り詰め、種池《たねいけ》山荘を経由して爺ヶ《じいが》岳《たけ》南峰に登り、冷池山荘まで歩いた。

好天の中の快適な山歩きだった。

テント場で食事を作るのが面倒で、夕食は早めに山荘へ行き、軽食と生ビールで済ませた。

明日は朝が早く、行程もそれなりに長くなるので、山に広がる低い空がオレンジ色に染まるのを眺めた後、早めにテントに潜り込んだ。

そうはいっても、すぐに睡魔が襲ってくるわけではなく、乾き物のつまみを食べながら、酒を飲むことになる。

夜の帳《とばり》が下りてしばらくしてから、テントの外に出る。幾張りかのテントが内側からの灯《あか》りでぼんやりと光る光景を見ながら、ヘッドライトを頼りに、山荘まで歩いてトイレを済ます。

夜の七時過ぎには、寝袋に包《くる》まって、明日に備えて本格的に眠ることにした。

やがてまぶたが重くなり、そろそろ眠りに落ちそうだと自覚した瞬間、トンネルの中で、遠くから近づいてくる機関車のような耳鳴りが始まった。

不快ではないが、これまで何度も経験している嫌な音だ。

この耳鳴りが始まると、この後、眠る寸前に金縛りにあうか、あるいは不可思議な体験をすることになる。

不可思議な体験ならそれほど気にならないが、金縛りは困る。金縛り自体は、子供のころから飽きるほど体験しているので、恐怖感はまったくない。

ただし厄介なのは、一度金縛りになると、その後、眠りに落ちる寸前、またすぐに耳鳴りが起こり、再び金縛りになるのだ。金縛りが解けて、やっと眠れそうになるとまた金縛り。その繰り返しで、けっきょく、深い眠りにつくことができないまま夜明けを迎えることになる。

人一倍体力がないくせに、テントと宿泊用具が詰まった重いテントを背負って歩く僕にとって、睡眠不足は決定的なハンデになるのだ。

そんなことを考えながら、翌朝行動を開始するまで熟睡できることを心から願って、僕は眠りについた。

わずかに眠ったとしか思えない短い時間がたった後、自分の足元に気配を感じて、目を覚ましてしまった。

舌打ちをしながら、そのまま目を閉じていると、やがて気配がはっきりとした音に変わった。

足音だ。

その足音が、テントの中でやがてゆっくりと、僕が包まる寝袋の周りを歩きはじめた。

一人用の小さなテントである。人が立って歩けるような高さなどあるわけがない。おそらくいま僕の周りを歩いている者の正体は足だけの存在だろう。

そっちが来たか。

こういう時はとにかく無視をするに限る。僕は何食わぬ顔をして、目をつぶったまま足音が止まるのを待った。

しかし、この日の不可思議な現象は、とてつもなくしつこかった。

いつまで経っても、足音は僕の周りを際限なく回りつづけているのだ。

顔の前に気配を感じるわけでもなく、耳元で何かを囁《ささや》かれるわけでもない。その足音は、ただただ、僕の周りをぐるぐると歩きつづけているのである。

無視してそのまま眠るつもりだったのだが、さすがに気になってしかたがない。

明日は、鹿島槍ヶ岳から八峰キレットの難所を越えて、五竜岳まで歩き、調子が良ければ、そのまま唐松岳《からまつだけ》まで縦走するつもりなのだ。体力のない僕は、少しでも多く睡眠を取らなければいけないというのに。

恐怖感などまったく湧いてこない。それよりも、足音に対して怒りの気持ちが湧いてきた。

それでも頑張って目をつぶり、足音が消えるのをじっと待った。

足音は止まらない。相変わらず僕の周りを歩きつづけている。

ついに耐え切れなくなり、僕は寝袋に包まって目をつぶったまま大声で叫び、枕元まで来た足音に右手を伸ばした。

「いいかげんにしろ！　うるせえぞ！」

次の瞬間。テントの中が静寂に包まれた。足音が止まった。足音に向かって、僕が伸ばした右手も止まった。

なんと僕は、回りつづけていた足首を摑《つか》んでしまったのだ。

笑いごとではない。テントの中に、気まずい雰囲気が充満した。

その雰囲気の中で、僕に摑まれた足首が固まっている。僕の伸ばした右手も固まっている。

僕は目をつぶったまま、途方に暮れた。

これは困ったことになった。

これから、いったいどうしよう。

幸せな背中

二十年以上前に、長野県の塩尻《しおじり》を訪ねた時の話である。

塩尻に高《たか》ボッチ山《やま》と鉢伏山《はちぶせやま》という、標高千九百メートルほどのなだらかな山の連なりを見つけた。麓《ふもと》には信州の秘湯と呼ばれる崖《がけ》温泉がある。

高ボッチ山には聞き覚えがあった。白馬岳《しろうまだけ》から栂池《つがいけ》を歩いた時、帰りに足を延ばして一泊した塩尻の公共の宿で、宿の女将《おかみ》に盛んに勧められた山の名だ。山腹に草競馬場があり、八月の第一週には年に一回の草競馬が開かれて大いに賑《にぎ》わうという。

そのころ、毎週のように北アルプスに通い、しかも白馬岳を下りたばかりで山歩きはさすがに食傷気味だったし、洗馬《せば》村《むら》の幻の蕎麦《そば》屋というのを探しに行く予定もあったので、けっきょく高ボッチ山には足を延ばさなかったのだが、機会があればいつか訪れてみようと思っていた山なのだ。

国道十九号を走り、崖温泉の標識に従って広域農道に入る。

やがて篠《しのの》ノ井《い》線の村井《むらい》駅を過ぎ、高ボッチ高原の標識を見て細い道路を登っていく。

曲がりくねった狭い舗装道路をしばらく登ると、信州の秘湯崖温泉のひなびた佇《たたず》まいの中を通り過ぎる。温泉街の奥まったところに重厚な合掌造りの歴史を感じさせる宿があり、日本秘湯を守る会の看板が掛かっている。

つづら折りの狭い林道を、対向車に気をつけながらしばらく登ると、突然目の前が開けて、高ボッチスカイラインと呼ばれる国道二十号線から上る道と合流する。ハイウェイと言っても、これまで上って来た林道よりもわずかに道幅がある程度で、林道とさして変わらない道である。

目の前に広場があり、そこが駐車場になっていた。広場の隅に高ボッチ山荘が建ち、すぐ横に広がる高ボッチ牧場の乳牛から採った高原牛乳を売っている。新鮮なミルクは想像しただけで美味《うま》そうだが、乳製品にアレルギーを持つ僕は、残念ながらそれを飲むことができない。

さらに一キロメートルほど先にある、高ボッチ山の中腹の駐車場を目指して、僕は車を走らせた。

わずかな時間でたどり着いた駐車場で車を降りると、目の前に方位盤を備えた展望台があり、青い空の下に、方位盤に示されたままに北アルプスの峰々が連なっていた。御嶽山《おんたけさん》から乗鞍岳《のりくらだけ》。穂高連峰から槍ヶ岳。そしてつい一ヶ月ほど前に頂きを踏んだ鹿島槍ヶ岳の美しい双耳峰が、遠く東の空に屏風《びょうぶ》となって浮かび上がっている。その向こうは残雪を抱いた白馬岳だ。

駐車場のすぐ脇になだらかに登る細い道があり、高ボッチ山の山頂に続いている。

高ボッチ山の山頂は標高千六百六十五メートル。駐車場から登るというほどの距離ではなく、十五分も歩けば、のっぺりとした高ボッチ山の山頂にたどり着く。

それにしてもこの山には、高い樹木がほとんどない。麓から遮られることなく吹き上げてくる初秋の山の風は、この上なく気持ちよい。

緩やかな登山道の脇に咲くマツムシ草の紫が風に揺れて、その艶《あで》やかさをいっそう増している。

高ボッチ山とは、またずいぶん変わった名前の山だが、そもそもの由来は日本各地に残っている巨人伝説にある。ボッチとは漢字で書けば法師であり、高法師はつまり巨人の坊さんというわけだ。

その昔、高法師は京都の山を信濃《しなの》に運ぼうと考え、藤の蔓《つる》で山を縛って背負い、ちょうどこの山のあたりまで歩いたところで蔓が緩んだのだそうだ。それを直そうとして腰をかけて荷繕いをし、再び山を背負うと「よいしょ」とばかり踏ん張って立ち上がり、東の方向に向かって歩きはじめた。この時、腰を下ろして山頂がへこんでしまったのが高ボッチ山。そして踏ん張って立ち上がった時にできた窪《くぼ》みが、諏訪湖《すわこ》なのだそうだ。

ずいぶんスケールの大きい話だが、高ボッチ山から諏訪湖までは直線距離で約十キロメートルの道程だ。いくらなんでも大きすぎやしないかとも思うのだが、そのくらい大きくなければ山など運べるはずもないのかもしれなかった。

涼しい山の風を感じながら、のんびりと土の道を登ると、やがて方位盤の立つ高法師の腰掛跡にたどり着く。

登り着いた山頂は、まったく遮る物がなく、目の前に北アルプス連峰が悠然とその勇姿を並べており、振り返れば、車山《くるまやま》を始めとした蓼科《たてしな》の山々が空に浮かんでいる。眼下に広がり、陽射しを受けて湖面をキラキラと光らせているのは諏訪湖である。

諏訪湖を見下ろす芝生の斜面に、麦わら帽子をかぶった一組のカップルが、仲良く肩を寄せ合って腰を下ろしていた。純白のTシャツを着た男性の背中は広く、肩甲骨回りの筋肉がたくましく盛り上がっている。それに対して女性の背中は小さく小柄で、その対比が女性らしい愛らしさを際立たせている。

大きい背中に小さい背中。

その背中からお互いへの愛情が溢《あふ》れている。

ふたつの背中はひとつになって、山の風景の中にすっぽりと収まっていた。

まるで絵葉書のように美しいその光景を目にして、僕はなぜかとても幸せな気分になり、目を細めながら、ふたりの背中をしばらく眺めつづけた。

高ボッチ山の頂上から、幾筋もの道が草原状の山腹になだらかについていて、どの道を通ってもわずかな時間の違いで駐車場に戻ることができる。

僕は真正面に北アルプスの連なりを眺めながら、山頂を左に進んで気持ちの良い草原を下った。

あたりは、太陽の光を浴びて黄金色に染まるすすき原になっており、吹き上げる風に穂と穂が擦れ合って、初秋の音を鳴らしていた。

しばらく下ると道は一度林道と交差して再び土の道になり、やがて左側に木の柵《さく》が現れて、高ボッチ牧場の中へと入っていく。

どこまでも広い緑の草原に、何頭もの乳牛が草を食《は》んでいる。

白い雲に蒼《あお》い空。そして遠く北アルプスの峰々。

あまりにも雄大でのどかな景色の中で、緩やかに時が流れていた。

牧場の柵にもたれて、牛と空と山をのんびりと眺め、ずいぶん長い時間を過ごした後、僕は駐車場に戻って展望台の前でタバコを一本だけ吸い、ここから六キロメートルほど行ったところにある鉢伏山の登山口を目指して歩きはじめた。

標高千六百六十五メートルの高ボッチ山と、千九百二十八メートルの鉢伏山は、山用語でコルと呼ばれる窪地を挟んで同じような形で対峙《たいじ》しており、歩いて二時間弱の距離である。

たどり着いた鉢伏山荘から、高ボッチ山よりも少しだけ急な登山道をゆっくりと登る。

相変わらず遮る樹木は、まったくと言って良いほど見当たらず、萱《かや》と丘にぽつんと建つ牛舎跡と青い空のコントラストは、まるで絵本の世界にでも紛れ込んだかのようだ。

風に吹かれて紫を揺らすトリカブトの群生を眺めながら、わずかに登ると、北側の景色が開け、谷を隔てて目の前に美ヶ原《うつくしがはら》高原が見えてくる。

平らな山頂に、電波塔を無数に建てた美ヶ原の異様な佇《たたず》まいは、まるで海原を進む潜水艦のようだ。

右に左に広がる大展望に心を奪われながら、のんびりと土の斜面を登れば、鉢伏山荘から三十分で一等三角点の建つ鉢伏山の山頂である。

広々とした山頂には二階建ての展望台が建っている。

その展望台の上に、先ほど高ボッチ山で見た、麦わら帽子をかぶった大きい背中と小さい背中が、肩を寄せ合って立っていた。そのふたつの背中からは、相変わらず仲《なか》睦《むつ》まじい愛情が溢れていた。

なるほど、高ボッチ山の駐車場から、鉢伏山の駐車場まで車を走らせたわけか。

本当は、僕も展望台に登り、眼下に広がる景色を眺めたかったのだが、ふたりの世界を邪魔することをためらい、そのまま山頂付近を探索することにした。

登山道から少し外れたところに鳥居が建ち、ちょうどその間から穂高の峰を望むことができた。

鉢伏山は元来信仰の山であり、山頂にはかつて山腹にちりばめられていた十三基の石仏が纏《まと》めて祭られている。

僕は陽当たりの良い草の上に腰を下ろし、箱庭のような松本平を隔てて、目の前に広がる北アルプスの連なりを眺めながら、小さなみかんの缶詰を開けた。

ひときわ大きい奥穂高岳の斜面に、午後の日差しが当たり、鉛色に輝いている。

穂高を目指した登山者も、いまごろ至福の時を過ごしているに違いない。

頭の後ろに手を組み、芝生の上に寝転んで目を瞑《つぶ》った。緩やかに通りすぎる風と共に、まぶたを通して、空の蒼さが僕の瞳《ひとみ》に伝わってきた。手のひらを通して、頭の中に土の音が聞こえてくるような気がした。

至福の時をしばらく過ごし、僕はひとつ大きくあくびをして立ち上がると、鉢伏山を後にして、高ボッチ山の駐車場に戻ることにした。

展望台の上で寄り添っていた、大きな背中と小さな背中は、すでに消えていた。

高ボッチ山の駐車場から来た道を下り、登っている時に見かけた日本秘湯を守る会の看板が掛かる合掌造りの宿に寄ってみた。幸い、立ち寄りでも温泉に入ることができるという。

いつも車に置いているタオルを首から掛けてから料金を払い、僕はのどかな山歩きの締めくくりとして天然温泉の湯に浸かった。

ちょうど良い熱さの露天風呂《ぶろ》からは、先ほど高ボッチ山や鉢伏山から見た北アルプスの峰々を目の前に眺めることができた。

露天の湯殿には、先客がひとりいた。よく日に焼けた白髪の目立つ老人だ。興味深げに、しばらく僕に目線を送っていたその老人が、我慢できなくなったように話しかけてきた。

「この辺の者じゃないね。温泉旅行かい？　どこから来なさった？」

「横浜から来ました。高ボッチ山を散歩してきました」

「おやおや。わざわざ遠くから高ボッチに登りに来るとは。物好きな人もいるもんだ」

老人がにっこり笑い、そしてまんざらでもなさそうな顔をした。

「灯台下暗しとはよく言ったものだ。俺はこの麓に近い集落に住んでいるんだが、最後に高ボッチまで上がったのは、もう何年前だったかも覚えていないよ」

「ここまで温泉に入りに来ているのにですか？」

「そんなものだよ」

老人と僕は顔を見合わせて笑った。

「鉢伏山も行ったかい？」

「行きました。三百六十度、素晴らしい展望でしたよ」

「それは良かった。遠くから来た甲斐《かい》があったってもんだ」

僕は、展望した北アルプスの峰々や、陽射しを受けて湖面を光らせていた諏訪湖の情景。そしてなにより印象に残っている、高ボッチ山と鉢伏山で見た、麦わら帽子をかぶり、幸せそうに肩を並べ、景色を眺めていた二人連れの情景を老人に話した。

その話を聞いた老人が、不意に怪《け》訝《げん》そうな顔をして僕を見た。

「麦わら帽子をかぶった二人連れ？　そのふたりはどんな顔をしていた？」

「いえ。顔は見ていません。景色を眺めるおふたりの背中を見ただけです。でもちょっと特徴のある麦わら帽子だったような気がします。手作りなのかな。男性の麦わら帽子には紺色のリボンが巻かれていました。女性の方は確か紅色でしたよ。とにかく特徴的だったのは、寄りそったふたりの背中の大きさの違いです。男性はとても大きい立派な背中をしていたなあ。それとは逆に、女性は肩の小さな少女のような華奢《きゃしゃ》な背中でした」

「どんな服をきていたかね？」

「ふたりとも白いＴシャツを着ていました。とにかく幸せそうで眩《まぶ》しかったなあ」

突然、老人が顔をゆがめ、両手で湯をすくうと自分の顔を乱暴に拭《ぬぐ》った。

「もしかしたら、それは信夫《のぶお》と幸子《さちこ》かもしれないなあ」

「お知り合いなんですか？」

「知っているもなにも。信夫は俺のせがれだよ。幸子は諏訪から嫁いできた信夫の嫁だ」

「なんとまあ。偶然というのはあるもんですね。まさか、あの幸せそうなおふたりの親御さんと、いっしょに温泉に浸かるとは。どうか、よろしくお伝えください」

「信夫と幸子は七年前に亡くなったよ」

「えっ」

「集落で火事があって、ふたりそろって犠牲になったんだ」

僕は言葉が出なかった。

「仲の良い夫婦だったよ。微笑ましいくらい仲の良い夫婦だった。この季節になると、晴れれば毎週のように高ボッチに登って、幸子の故郷の諏訪湖を眺めに通っていたもんだ。揃いの白いTシャツと幸子手作りの麦わら帽子をかぶってな」

「……」

「そうか。幸せそうな背中をしていたか。せめてもの救いだな」

「なんだか、すみません。訳も知らずに余計なことをしゃべってしまって」

「とんでもない。いい話を聞かせてもらったよ。あんたには礼を言わなきゃあな」

そう言うと、老人はもう一度、湯で顔を拭った。

高ボッチと鉢伏山で見た、幸せにあふれたふたりの背中を思い出して、僕もつられて湯で顔を拭った。唇についた湯がしょっぱかったのは、もちろん温泉の成分のせいだけではない。

深く頭を下げ、一足先に湯から上がった僕の背中に、老人が声をかけてきた。

「俺も久しぶりに高ボッチに登ってみるよ」

それを聞いて、僕は振り返り、老人に向かってもう一度、深く頭を下げた。

典子ちゃん

三《み》浦《うら》半島の山が最近すっかり気に入ってしまった。灯台下暗しとはよく言ったもので、自宅から保土ヶ谷《ほどがや》バイパス、横浜横須賀《よこはまよこすか》道路を乗り継ぎ、渋滞にさえぶつからなければ、一時間もかからずにたどり着くことができる距離にありながら、僕がこれまで三浦半島を訪れたことは数えるほどしかなかった。それはやはり、海で遊ぶという行為に対して、子供のころから僕がまったく興味を持っていなかったことが大きな原因になっているのだろう。また、海で遊んだ数少ない記憶の中で、学生時代に、友人と乗った小型ヨットが高波を受けて転覆し、自分だけ海に放り出されたあげく、台風襲来前日の太平洋の荒波の中で、二時間も漂流して遭難騒ぎを起こしたことが、強烈なトラウマになっていることも間違いない。

しかし、まったく同じ理由で足を向けなかった伊豆《いず》半島で、低山歩きの楽しさ、漁港巡りの愉快さ、そして下山後の海の幸の美味《うま》さにすっかり味をしめてしまった。海以外の楽しみ方があることを見つけてしまった僕が、その規模こそ伊豆に比べればずいぶんと小さいが、その分小回りが利き、そしてわずかな距離で古都鎌倉《かまくら》をも訪ねることができる、この三浦半島に興味を持ったのも、実はごく自然なことだったのかもしれない。

ふた月ほど前、鷹取山を歩いた時と同じ東逗子駅の前にあるコインパーキングにマイカーを駐《と》め、「そういえばこの車を最後に洗ってやったのは何時だったか？」などと埃《ほこり》にまみれた愛車を横目で見ながら身支度を整える。

休日の早朝、駅前のロータリーにもほとんど人の姿は見えず、商店も軒並みシャッターを閉じている。駅のトイレで用を足し、改札口の横にある「二子山《ふたごやま》ハイキングコース」の案内板でコースの概略を確かめてから、鷹取山に向かう道とは逆に、たった今マイカーで来た道を戻るように進み、静まり返った商店街を抜ける。

すぐに逗子と葉山《はやま》を結ぶ広い通りに出て信号を渡り、さっきから鳴きつづけている腹の虫を抑えるためにコンビニに寄って、クッキーとペットボトルのお茶を買った。

二子山の登山口は、通りの目の前にある小学校を回りこんだ裏手にある。

のんきにクッキーを頬張り、小学校の広い土の校庭を見下ろしながら五分ほど歩くと、二子山ハイキングコースと書かれた手作りの看板が現れた。小学生の作品なのか、イラスト入りで描かれた大きな看板が、公道ではなく民家の軒先に掛かっているのがなんとも微笑ましい。

登山口から先は、細く登る土の道が民家の脇に沿うように続いている。

わずかに登れば、すぐに民家は途切れ、ほんの数分前までの街の景観が嘘のように登山道は静かな林の中へと入っていく。

ウグイスの声が朝から元気だ。

駅からほど近いにもかかわらずこの山には多くの野鳥が生息している。中にはサンコウチョウなどという幻の鳥も営巣しているらしく、運が良ければ「三つの光　来い来い」と聞こえる、名前の由来にもなった独特の鳴き声を耳にすることができるという。

ほぼ水平に続く檜《ひのき》林の登山道にはシダ草がびっしりと茂っており、自分がいま「シダ沢」と呼ばれる場所を歩いていることを教えてくれる。

昨日の雨をたっぷりと含んだ山中には草と木の香りが満ちており、シダの緑を一層引き立てている。

頭の上で小気味良く木の幹を叩《たた》く音がした。キツツキだ。

僕は足を止め、しばらく乱立する檜を見上げていたが、森の働き者の姿を見つけることはとうとうできなかった。

二子山の標高は二百八メートル。山というほどの高さではない。

しかし、谷底を整地して建てられた住宅街を取り囲むように続く馬蹄《ばてい》形の尾根道は、刻々と移り変わる景観と多くの鳥たちのさえずりとあいまって、歩いていてなかなか楽しくなる。

木々の間から住宅街を隔てた正面に、山頂のシンボルである巨大なパラボラアンテナを眺めながら、僕は立ったままタバコを一本吸った。

その時、山ズボンのポケットに放り込んでいた携帯電話の着信音が鳴った。

ポケットから携帯電話を取り出し、タバコをくわえたまま画面を見る。

電話の主は典子《のりこ》ちゃんだった。

一時期、丹沢《たんざわ》や大山《おおやま》、鎌倉の山を日帰りで毎週のようにいっしょに歩いた、一回り近く年下の女性である。お互いの仕事のこともあり、いつの間にか山行を共にすることもなくなっていたのだが。

「どうしたの？　突然。久しぶりだね」

「なんだか急に懐かしくなって声が聞きたくなっちゃって。今でも山に登っていますか？」

典子ちゃんの声を聞くのは三年ぶりだろうか。

「昔のようにテントを背負っての山旅はすっかりご無沙汰《ぶさた》しちゃっているけどね。ハイキングは続けているよ」

「私もそうです。やっぱりハイキングって楽しいですよね」

「うれしいなあ。電話もらえるなんて。実は最近、あまり元気がなかったんだけど、久しぶりに典子ちゃんの声を聞いたら元気が出たよ」

「相変わらずお上手ですね。あっ。だけどね」

「ん？」

「この前、ちょっと厳しい山に挑戦したんですよ。でもけっきょく越えられなかったけど」

「へえ。どこの山？」

「秘密でぇす」

携帯電話の向こうから、典子ちゃんの含み笑いが聞こえた。

話を続けながら歩を進める。

檜の林がやがて杉になり、自分を取り囲む木々の香りが変わっても、尾根道は山腹に沿って角度を変えることなく相変わらず水平に続いていく。

あと一ヶ月もすれば満開の花を咲かせ、一年のうちでもっとも華やかな尾根道となるであろう「さくら沢」の道標を過ぎる。

「実はいま、三浦半島の山を登っている最中なんだ」

「えっ。なんという山ですか？」

「二子山っていう小さな山だよ。まだつぼみも付けていない桜並木を歩いている」

「三浦半島の山かあ。懐かしいな。そういえば四年くらい前に鷹取山に登りましたよね」

「ああ。そうそう。途中の神武《じんむ》寺《じ》っていうお寺に『なんじゃもんじゃ』っていう樹齢四百年以上の老木が祭られていて、わけもわからず、ふたりで手を合わせて『なんじゃもんじゃ』って呪文を唱えたっけ」

「あの時、実をいうと薄目を開けて潤平《じゅんぺい》さんの横顔を見たんですよ。潤平さんたら、まじめな顔をして手を合わせながら『なんじゃもんじゃ』ってつぶやきつづけていて、私、おかしくて、おかしくて」

「ええ！　そうだったの？」

「なつかしいなあ」

やがて森戸《もりと》川《がわ》源流を経て、長柄《ながえ》方面に下る分岐を左に見ながら粘土質の滑りやすい傾斜をわずかに頑張ると、南郷上ノ《なんごうかみの》山《やま》公園から繋《つな》がる広い未舗装道路に出た。

朝方は太陽も顔を出していたはずなのだが、今は薄い雲に覆われてその姿はおぼろである。

吹く風が冷たい。僅《わず》か二百メートルの山の上でも、肌に感じるその冷たさは下界とは違う。

携帯電話を耳に当てながら、右に左につづら折りの道路を十分ほど頑張って登ると、見上げる先に先ほど木々の合間から垣間《かいま》見《み》たモスグリーンのパラボラアンテナが現れ、あとひと踏ん張りで二子山の山頂にたどり着くことを教えてくれる。

「ねえ典子ちゃん。今度、久しぶりにまたいっしょにハイキングしない？」

「いいですね。お誘い楽しみにしていますね」

「楽しみだなあ。じゃあ計画は僕が立てるね」

「はい。それじゃあ。せっかくのハイキングの邪魔をしてもいけないし、そろそろ電話切りますね」

「うん。また連絡するよ」

「はい。久しぶりに声が聞けて本当に嬉《うれ》しかったです」

「それじゃあ」

「それじゃあ」

昨夜の雨に濡《ぬ》れて光る木製の階段を滑らないように慎重に登り、登山口から一時間三十分ほどで二子山の山頂に着いた。

広い草原状の山頂には小さいがしっかりした造りの木製の展望台が建ち、そこに登って見渡せば薄曇りの中、軍港の街である横須賀から広がる東京湾が、水平線をおぼろにして広がり、そして西には逗子の山々がなだらかに連なっている。

時間が早いせいか二子山の山頂には僕以外人の姿は見えなかった。

展望台の上でタバコを燻《くゆ》らせながらひとり長閑《のどか》な景色を眺めていたが、やがて風が強くなってきた。

地上から僅か二メートル程度の高さしかない展望台だが、それでも気持ちの問題で、下に降りると僅かに風が弱まった気がするのがおかしい。

僕は展望台の台座に腰を下ろし、ザックから取り出したクッキーをかじりながらバーナーで沸かしたコーヒーを飲んだ。

ここ数週間。

僕の心はなぜかささくれ立っていた。

理由のないことでいらつき、理由のないことで自分のペースを見失っていた。だから、昔のようにふらりと山を訪れ、昔のように山で立ち止まり、昔のように山で呼吸をして自分のペースで山を歩きたくなったのだ。

そこに突然、典子ちゃんから電話がかかってきたのだ。これも何かの縁なのだろうか。

誰もいない山頂で冷たい風に吹かれてひとりコーヒーを飲み、ぼんやりと長閑な景色を眺めた。

心に平静が訪れたかどうかはわからないが、悪い気分ではなかった。

帰りは、山頂直下の分岐から森戸川に沿って小さな沢を下って、集落を抜けてから長柄の町を巡り、逗子駅から電車に乗って隣の東逗子駅まで戻るつもりだった。

足を投げ出して背伸びをし、携帯電話を通して久しぶりに聞いた、典子ちゃんの優しく温かい声を思い出しながら、そのままの体勢で仰向けに倒れてみる。

少しだけ、僕の心が自分のペースを取り戻したような気がした。

友人からの電話で、肺炎をこじらせた典子ちゃんが、五日前に病院で亡くなっていたのを知ったのは、僕が二子山を下りて二日後のことだった。

悪い人

丹沢広沢寺《こうたくじ》温泉の目の前に聳《そび》える、信仰の山である鐘ヶ嶽《かねがだけ》に登ることにした。

鐘ヶ嶽は、山頂直下に由緒ある七沢浅間《ななさわせんげん》神社が建立され、また自らの山容が巨大な梵鐘《ぼんしょう》の形をしているという筋金入りの信仰の山である。

ザックに簡単な荷物を詰め、身近な山という気楽さから、時計をチラチラ見ながらゴロゴロしているうちに、家を出るのが午前十時を過ぎてしまった。

慌てて出発したが、広沢寺温泉の手前でまた引っかかった。温泉の駐車場まであとわずかという所で、評判のラーメン屋の開店時間とぴたりと時間が符合し、今ならあまり待つこともなくスムーズに店内に入れるという誘惑にあっさり負けた僕は、ラーメン屋の駐車場に向けてハンドルを切ってしまったのである。

絶妙な味わいの塩スープとそれを吸い上げる麺《めん》に満足し、店から出て満腹になった太鼓腹を擦りながらハンドルを握りなおす。広沢寺温泉の駐車場にたどり着いたときには、時計の針はすでに午前十一時半を回っていた。

鐘ヶ嶽の標高は五百六十一メートル。テッペンで休憩しても、登って下りて三時間程度の山である。

バス停を一駅分歩き、「せんげん道」の指標に導かれて石段を登り、浅間神社の鳥居を潜って山の道に入る。

道の脇に一丁目の丁仏が建っている。七沢浅間神社にたどり着くまでにこの丁仏は二十八を数える。

二十八とはずいぶん半端な数だが、二と八を組み合わせると山の形になり、何より末広がりの八で終わることは縁起がよいという理由から、丁仏の数は来ていると云《い》われている。

それにしても湯河原《ゆがわら》の日金山十国峠《ひがねやまじっこくとうげ》をはじめとして、最近の僕はやたらと丁仏を数えながら山に登っているような気がする。

鐘ヶ嶽の丁仏はその中でも古く、苔《こけ》むした石碑に顔を近づけて目を凝らして字を拾えば文久《ぶんきゅう》四年などと彫られている。

以前、鐘ヶ嶽に登った時にこの彫字を見て、家に帰ってから調べた本によれば、文久四年は西暦で数えれば一八六四年、徳川《とくがわ》第十四代将軍家茂《いえもち》が二十一歳の若さで逝去するわずか二年前である。

この後、徳川最後の将軍慶喜《よしのぶ》となって、太平の世は一気に動きはじめ、二百六十年続いた徳川の時代は幕を下ろす。

山の石碑の文字ひとつから歴史を紐《ひも》解くのもまた味わいのあるものだ。

クライミングをやらない僕だが、実はここ鐘ヶ嶽にもクライミングゲレンデが存在する。

戦前までここ七沢近辺は、石工の里として栄えていたと云われ、現に今も里を歩くと店前に石を積んだ石屋の看板を何軒か見ることができる。石屋達は近場の山から石を切り出し、その結果、山には人工のゲレンデができあがった。

しかし人工的な垂直の凝灰岩の壁は脆《もろ》く、取りつきには常に石屑《いしくず》が積もっており、クライミングゲレンデとしての適性は必ずしも高くはなかったようだ。

それでも当時、丹沢では数少ない壁の修練の場として、あるいはあくまでも明るい丹沢を代表するクライミングゲレンデである弁天岩《べんてんいわ》の大らかさに反抗したアウトロー的な山ヤたちが、足しげくこの壁に通ったといわれている。

そんな鐘ヶ嶽のゲレンデも、世間の石畳がコンクリートに取って代わり、石切り場が放置されるのに足並みを揃えるように、何時しかクライマー達の足は遠のくようになり、今は山頂直下の林の中にひっそりと眠っている。

自分自身の岩肌から切り出された石を石畳として、鐘ヶ獄の参道はゆっくりと斜度を増しながら、七沢浅間神社へと静かに続いていく。

丁仏を数えながら登って十八丁目。初めて南東に展望が開け、厚木《あつぎ》から横浜の市街が眼下に広がった空は青いが、気温が高いせいか街の姿は霞《かす》んでいる。

それでも里から吹き上げてくる風が気持ちよくて、僕は山に入ってから初めてザックを下ろし、大きくため息をついて家の冷蔵庫で凍らせてきたペットボトルのお茶を口にした。

目の前を、カラフルな登山ウエアを着た二人組の若い女性が、会話を交わしながら通り過ぎていく。いわゆる山ガールというやつだ。

再びザックを背負い、散歩気分で山頂を目指して歩けば十九丁目を過ぎて、鐘ヶ獄表参道唯一にして最大の難所が現れる。

七沢浅間神社に突き上げる三百七十五段の石段である。

この急峻《きゅうしゅん》で幅の狭い石段は、登りながらいくら上を見上げても果たして終わりが来るのかと思いたくなるほど山に向かってどこまでも続いており、ここまで散歩気分で歩いてきた身体と心に強烈なダメージを与えてくれる。

休憩中に通り過ぎた二人組の女性登山者は五十メートルくらい前を登っている。

二人の背中を目標に、僕は石段を登りはじめた。

百二十五段までは数を数えながら登ったが、なかなか二人との距離が縮まらない。若い女性だからといって、少しなめていたようだ。

気合いを入れなおして再び登りはじめて、前を行く二人の前に浅間神社の楼門が見えたころ、彼女たちのペースがあきらかに落ちた。

さすがに疲れたのだろう。距離を詰めるチャンスだ。

そう思ったとたん、いきなり二人が猛烈なペースで登りはじめた。楼門を潜って浅間神社の本殿に寄ることもなく、異様に速いスピードで石段を登っていく。

このまま引き離されては情けないと、僕は意地になってペースを上げ、石段を駆け登った。

しかし、わずかに距離を縮めたところで、二人は石段の先にある山頂に姿を消した。二人よりも三十秒ほど遅れて、息を切らして僕は鐘ヶ嶽の山頂に立った。

丈の長いカヤト状の山頂は、周りを木々に囲まれて展望はなく、倒木を利用した腰掛けがふたつほどある。

山頂には二体の不動明王の古い石仏が、栄華の名残といった感じで秩序なく立っている。空から注ぐ太陽の光がちょうど石仏に反射して幻想的だ。

山頂の片隅で、先に登りついた二人の若い女性登山者が、僕に気づかずひそひそとなにか話をしている。風に乗ってその声が聞こえてきた。

「あの男の人、絶対悪い人よ」

「私もそう思った。お化けとかそういった霊的な危なさじゃなくて、なんだか現実的に危険な感じがしたわよ」

「そうそう。変に相手にしたら、襲われそうな気持ちになった」

どうやら、意地になって二人の背中を追ったことで、僕は悪い男だと誤解されてしまったようだ。

頭を掻《か》きながら僕は二人に声をかけた。

「不安な気持ちにさせちゃってごめんなさい。お二人のペースが速いのでついつい僕も意地になってペースを上げてしまって。でも本当に、お二人に危害を加えるつもりで、後ろを登っていたわけではないんです」

その声で初めて僕の存在に気がついたらしい二人が振り返って僕を見た。

二人ともぽかんとした顔をしている。

背の高いショートカットの女性が、僕に向かって手を振りながら言う。

「いいえ、あなたのことではないんです。石段を登っている途中で、気味の悪い男に声をかけられて」

「気味の悪い男？」

「そうです。浅間神社の楼門のところで、神社の方から突然、登山者とは思えない黒い服を着た痩《や》せた男性が現れて……その男性の雰囲気がなんだかとても怖かったんです」

もうひとりのスポーツキャップをかぶった女性が言った。

楼門といえば、ふたりが急に登るペースを緩めたところだ。

「男性が私たちの後ろにくっつくようについてきながら、少しでいいから話をしようって、しつこく耳元で囁《ささや》くんです」

「本当に気味の悪い声だったよね」

二人が顔を見合わせて言う。

ショートカットの女性が話を続ける。

「私たち、最初は無視していたんですけれど、しつこいし、あまりに気味が悪いので、残っている力を全部振り絞って石段を駆け登ったんです」

「山頂の少し手前で急に男性の気配が消えたんだよね」

スポーツキャップの女性が言った。

なるほど。彼女たちが突然異様なペースで石段を登りはじめた理由がやっとわかった。それにしてもと思い、今度は僕が口を開く。

「僕はずっとあなた方の後ろを歩いていましたが、黒い服を着た痩せた男の姿は見ませんでしたよ」

「そんなはずありません。本当にいたんです。すぐ後ろをつきまとって……本当に怖かった」

「ううむ。不思議なことがあるもんだ」

僕は、京都の長岡京《ながおかきょう》で起きたワラビ採り殺人事件のことを思い出した。

「いずれにしても、また同じ道を下るのは二人とも気が進まないでしょう？　どうです？　僕はこれから山の反対側に下るつもりだけど、いっしょに下りますか？　急な斜面やあぶなっかしいザレ場もあるけれど、お二人の脚ならば大丈夫だと思いますよ」

二人は二つ返事で同意した。

京都長岡京ワラビ採り殺人事件

一九七九年五月二十三日。地元の主婦二人が仕事終了後、近くの竹林にワラビ採りに行ったまま行方不明となり、二日後の二十五日、山頂付近で遺体となって発見された。主婦Ａのポケットから、「オワレている　たすけて下さい　この男の人はわるい人です」と鉛筆で走り書きした、勤務先のスーパーのレシートが発見される。主婦Ａは全身三十箇所も殴打され、肋骨《ろっこつ》が折れて内臓も破裂しており、体内からは犯人のものと思われる体液が検出された。主婦Ｂは全身五十箇所を殴打され、包丁が身体に突き刺さったままだった。事件は早期に解決されるかと思われたが、有力な手がかりも得られないまま、一九九四年五月二十四日に公訴時効が成立した。

最後の日記

早川《はやかわ》が立山《たてやま》の大汝山《おおなんじやま》で遭難したのは十一月の中旬。紅葉の時期を過ぎ、観光客の姿も消えたとはいえ、立山登山の拠点である室堂《むろどう》はまだ初冬の時期であり、厳冬期のマッターホルンも制覇した早川が遭難するとはとても思えない事件だった。

早川が室堂に入った時、小笠原《おがさわら》諸島付近に台風が停滞しており、その影響を受けて一時的に冬型の気圧配置になっていた。

当然早川もそのことを知っていたが、翌年に海外の手強い山の登攀《とうはん》を予定していたこともあり、あえてそんな状況の中で立山連峰の縦走を計画した節もあった。

ただこの時、中国方面から寒気団が南下しており、日本海側の山では大荒れの予報が出ていた。

早川が室堂から登山を開始した朝は無風の快晴で、室堂付近の遊歩道にはハイカーの姿も見えたらしい。

早川からの連絡が途絶えたのは登山を開始してから三日後。一ノ《いちの》越《こし》を越えて雄山《おやま》に着いたころにはすでに吹雪になっていたことが、後に見つかった早川の手帳からわかった。

それでも早川は先に進んだようだ。

立山はこの季節では考えられないような猛烈な悪天となった。

連絡が途絶えた三日後、ようやく天候が回復し、早川が所属する山岳部と地元の救助隊が立山に入った。

早川が張ったテントが発見されたのは大汝山付近の尾根から東に逸《そ》れた斜面だった。

斜面は丁寧に整地されていて、この時点で早川が心身ともに正常だったことが想像できた。

半分ほど雪に埋もれたテントを掘り出し、テントの入り口を開けてその中を覗《のぞ》いた救助隊と山岳部のメンバーは、愕然《がくぜん》とした。

早川は、テントの中で下着一枚になって凍っていた。

彼の周りには、厳冬期用の着衣が脱ぎ散らかしてあり、中身をすべて出した大型ザックがテントの隅に投げ捨てられていた。

凍り付いた遺体に服を着せることはできず、数人が力ずくでシュラフに詰め込んだ。

早川の手元に黒い手帳が落ちていた。

救助隊のひとりがその手帳を手に取り、湿ったページを捲《めく》る。

十一月十六日
一ノ越。雄山猛吹雪。予想範囲内。幕営。燃料。食料余裕あり。
これを予想しての山行。
これも含めての雪山。
これもまた楽し。

おそらく手袋をしたまま書いたのだろう。多少乱れてはいるがしっかりとした字だ。

十一月十七日
吹雪！　風速は三十メートルを超えるか？　夜はレトルトのカレーライス。

天気図を引く。明日には天候も回復の兆し。夜、携帯電話で永富《ながとみ》に電話。四回目でやっとつながる。

永富。しきりに心配。余裕あることを伝える。ザックの中からワインのボトルが転がり落ちた。

ラッキー！

十一月十八日

予想に反して悪天。しかし明日こそは回復しそうだ。

剱御前《つるぎごぜん》から帰ろう。大川《おおかわ》に電話。下山したら飲む約束。

その直後、携帯電話のバッテリーが切れる。おそらく気温のせいだろう。

十一月十九日

山は荒れたままだ。もう一日停滞することにして、テントの中でのんびり過ごす。

体がなまりそうで、少しばかり心配になる。

夜になり、そろそろ眠ろうとした夜半、突然風が止み、雪を踏みしめる音がテントに向かって近づいてきた。

登山者の足音ではない。

もっと静かでゆっくりとした……

こんな時間に……

なんだ？

ゆっくりと……　静かに……

風が止んだというのに、轟々《ごうごう》という耳鳴りのような風の音だけが聞こえる。

なんだ？

なんだ！

十一月十九日は、早川からの連絡が途絶えた日だ。

最後の一行にテントの中の異変を感じたが、ここまでの記録では、早川の心身に異常は感じられない。とても遭難するような状況とは思えなかった。

連絡が途絶える直前まで書いた早川の日記と、いま目の前にしているテントの中の惨状を、救助をしに来た者たちには、どうしても結びつけることができなかった。

その時、手帳を手にしていた救助隊員が何気なく次のページを捲り、顔面が蒼白《そうはく》になった。

捲ったページを皆に見せる。

深紅の口紅を使い、早川の字とはまったく違う整った字で、こう書かれていたのである。

愛おしくなったので
　　連れて行きます

美人霊の憂鬱

「この前、唐松岳のテント場に泊まった時の話なんだけどさ」
佐藤《さとう》が、なぜか生き生きとした顔で話しはじめた。

とにかく天気が良くてね。八方池《はっぽういけ》山荘まで、三機のリフトを乗り継げば、歩くことなく一気に高度を稼ぐことができるんだから楽なものだ。

鼻歌を歌いながら、後部座席からザックを引っ張り出し、急ぎ足でゴンドラリフトの切符売り場に向かったよ。往復の運賃を払い、リフト待ちの列に並んだ。まだそれほどの行列はできていない。並んでいる客の格好を見ると、登山者と観光客が同じような割合で並んでいるようだ。さすがに連休初日の早朝だけあって、まだ観光客の出足も鈍いのだろう。

次々とゴンドラリフトに吸い込まれていく列に並びながら、何度も空を見上げて「このまま雲が湧きませんように」と心の中で念じ、いざ自分がゴンドラリフトに乗り込む順番になって、ふと足元を見て驚いた。

なんとサンダル履きのままだったんだ。

――おまえ、相変わらずだな。

いぶかしそうな目で見る係員に「忘れ物をしました」と頭を下げてそそくさと駐車場に戻り、後部座席から取り出した山靴に、何事もなかったような顔で紐《ひも》を通したんだが、自分の粗忽《そこつ》さが悲しくなるほど情けなかったよ……。あそこで気がつかなければ、サンダル履きのまま上まで行っちゃうところだったからな。

――さすがに、それはないだろう。

途中、花の美しい時期ならば、次の乗り継ぎリフトを使わずに、お花畑を眺めながら自分の足で上を目指すのも楽しいのだろうが、お前と同じで、俺はそんな風情を持ち合わせていない。

――おまえと同じは余計だよ。まあ、僕の場合、風情だけじゃなく根性もないけどな。

かつては、唐松岳から白馬岳、あるいは五竜岳から鹿島槍ヶ岳方面に進むための登山基地だった八方池山荘も、そのリフトのおかげですっかり様相を変えちゃったね。今や八方池までのハイキングコースを往復する観光客の休憩所という雰囲気だ。

山荘をそのままやり過ごして登山道に入ったんだが、いやはや八方池までは、観光客の数が多くてその歩調に合わせるのが辛《つら》かった。

しばらく歩いて右下に見える八方池を過ぎ、やっと観光客から解放されてペースが上がった。

平川《ひらかわ》側の道をトラバース気味に進んで、左下の扇《おうぎ》の雪渓《せっけい》でこの日初めて小休止したよ。

灌木《かんぼく》の横たわる樹林帯の道を抜け、丸山《まるやま》ピークに直登するハイマツに囲まれたガレ場を登る。

丸山ピークのケルンは、いつ見ても立派だね。雪渓を懐に抱いた天狗《てんぐ》の大下りの急斜面が見事だ。

岩稜帯《がんりょうたい》に変わった登山道を歩き、牛首岳《うしくびだけ》が眼前に聳《そび》えるのを見ると、唐松岳頂上山荘はもうすぐそこだ。

短い桟橋と二本の鎖場を通過して唐松岳頂上山荘に登りついたのは、まだ十一時前だったかな。

山荘の受付に寄り、テント泊の手続きを済ませて、なにはともあれガソリン補給とばかりに、生ビールを注文する。

山荘前のベンチに腰掛け、本来ならば真正面に見えるはずの剱岳を雲の中に探しながら、サラミをつまみによく冷えたビールで喉《のど》を潤した。

稜線を歩いていた時には見えていたはずの唐松岳のピークも、何時の間にか雲の中に姿を隠してしまった。ピークは山荘から二十分弱だ。俺はビールを飲み終わると、ベンチにザックを置いたまま、空身でピークを往復した。

唐松岳頂上山荘のテント場は、八方尾根から唐松岳越えをして、黒部の秘境である祖母《ばば》谷《だに》温泉に下る登山道の途中にあるよな。山荘直下の南の山腹斜面にぽつんぽつんと点在する、特殊な形状をしたテント場だ。

早い時間に着いたせいか、山荘からテント場を見下ろすと、ジグザグの道に続く、比較的広い平地に二張りの黄色いテントが並んでいるだけだった。

小石の散らばる道を下り、ちょうどひとり分のテントが張れる平地を見つけてザックを下ろした。今日の住居は、テント場特有の、周りのテントの喧騒《けんそう》とは無縁の、日当たり良好な一戸建てだ。周りに気を遣うことなく、自由を満喫することができる。

ただひとつの難点は、俺のテントライフに欠かせない缶ビールの補充のために、山荘までのジグザグの急斜面をいちいち上り下りしなきゃならないことくらいだ。

テントを設営し、北アルプスの緩やかな午後の時間をゆっくり過ごすうちに、例によっていつの間にか一時間ほど眠ってしまったようだ。山を登り終えた後にビールで喉を潤し、自分で設営した、狭いながらも楽しい我が家の中でうつらうつらするのは、何事にも代えられない至福のひと時だよな。

寝ぼけ眼でボサボサの頭をかきながら、テント内の整理をしていたら、テントの外でカサコソと小さな物音が聞こえたんだ。テント場は登山道の脇にあるのだが、登山者の足音ではない。不思議に思って、あくびをしながらテント入口のジッパーを下ろすと、目の前に小さな動物がいて目が合った。

なんだと思う？　オコジョだよ。

テントの入口で、キョトンとした円《つぶ》らな瞳《ひとみ》で、テントの中の俺をじっと見ているんだ。

「ありゃあ。おまえ、遊びに来たのかよ」

手を伸ばしたら、あっという間にテントの横の岩の間に走り去ってしまった。

「なんだよ。写真を撮っておけば良かったな」

隠れてしまってから悔やんでいたら、すぐにカサコソと音がして、またひょっこりテントの前に姿を現した。

「また遊びに来たのかい。でも餌はあげられないよ。俺は毎日、ここには来られないからね」

意味がわかっているのかいないのか、小さな訪問者は目と鼻の先で、俺の瞳をじっと覗《のぞ》きこんでいる。

テント脇の登山道に山靴の足音が聞こえ、大きなザックを背負った二人連れの登山者が、さらに下のテント場に下っていった。俊敏に岩の陰に隠れたオコジョは、やがて足音が聞こえなくなると、またひょっこりと現れてテントの前に立つ。

可愛い姿を写真に収めようとカメラを構えると、サッと姿を消してしまう。カメラを下ろすとまたテントの前に現れる。

「一枚くらい撮らせてくれよ」

哀願しながらゆっくりとカメラを構えると、サービスしてくれたのか、可愛い訪問者はカメラを見つめたまま、僅《わず》かな時間、ポーズをとってくれた。

可愛い訪問者とテントの入口を境に、お見合いのような形で三十分くらい遊び、やがて飽きたのか、オコジョがハイマツの斜面に走り去ったのを見て、俺はテントの外に出てのんびりと夕食の準備をはじめた。

いつもならば、レトルトの山食で済ませてしまうところだが、その日は食材と食器をわざわざ担ぎ上げてきたんだ。

唐松岳のテント場は、剱岳の格好の展望台だろう。そのテント場で、夕焼けに染まる剱岳を真正面に見ながら、ひとり優雅なディナーを味わいたかったんだよ。

——おまえ。ディナーって柄かよ。

半分に折ったパスタを山用の小さな鍋《なべ》で茹《ゆ》でながら、味噌《みそ》に包んだチキンステーキをフライパンで焼いていたら、南の空が明るくなり、劇場の緞帳《どんちょう》が開くように、垂れ込めていた雲が流れはじめた。わずかな時間で雲が消え、テント場の真正面に要塞《ようさい》のような剱岳が、山頂に雲を纏《まと》った形で姿を現した。

あまりにも劇的な山の神の演出に感動して、俺はパスタを茹でる時間を計るのも忘れて、呆《ほう》けた顔で剱岳の雄姿を眺めつづけたよ。

まさに、北アルプス劇場の幕開けだ。

やがて空に紅が塗られ、いつの間にか全容を現した五竜岳の岩塊がピンク色に染まって、唐松岳のテント場に夕暮れがやって来た。都会では絶対に見ることのできない空の広さ、そして空の色だ。

山の空気が静かに流れている。夕焼けの紅が落ち着きを見せて、わずかに薄い朱色にその装いを変えたころ、今度は剱岳が、山頂部に纏っていた雲を脱ぎ捨てて、真正面にその雄姿を現した。

素晴らしい景色を眺めながら食事を終えた俺は、つけていたラジオのスイッチを切り、神々しい山の静寂の中で、やがて夜の帳《とばり》が下りるまで、刻々と移り変わる山の神の演出に酔いつづけたんだ。

夜は眩《まばゆ》いばかりの満天の星だった。どこまでも広い空を、天の川が見事に横切っている。白い息を吐きながら、俺は周りに誰もいないテント場の岩の上に腰をかけ、首が痛くなるまで天然のプラネタリウムを眺めつづけた。乗鞍《のりくら》の方だろうか、遠く西の空に浮かぶ雷雲が、まるで壊れたネオン管のように、一定の間隔で、ピカピカと光りつづけている。

山のテント場では比較的簡単に流れ星を見つけることができるのだが、この日の夜の流れ星の数は飛び抜けて多かった。東の空に、何時もよりも明るい流れ星が、鮮やかな尾を引いて次々と消えていく。

九つまで流れ星を数えて、その数が二桁《けた》になったところで数えるのを止めにした。大満足でテントに入って、缶ビールを二本飲んで寝袋に包《くる》まったんだけどさ。うつらうつらしはじめた時に、思わぬ訪問者が現れたんだ。

――訪問者？ そんな時間に？

ああ、そうだ。オコジョなんかよりもっと可愛い訪問者さ。

――なんだよ、それ？

そろそろ深い眠りに落ち込みそうだなと思った瞬間、足元になにか気配を感じたんだ。もちろんテントの中だぜ。

重いまぶたを擦りながら、寝袋に包まったまま首を曲げて足元を見た。

驚いたね。思わず悲鳴をあげそうになった。

なんと俺の足元に、若い女が正座していたんだ。

――馬鹿なこと言ってるんじゃないよ。そんな時間に突然、テントの中に女性が入ってくるわけないじゃないか。

そのくらい、さすがに俺だってわかるよ。

つまりさ。

——なんだよ？

幽霊だよ。

——幽霊？

ああ、そうさ。若い女の幽霊が俺の足元に、ぽつんと正座しているんだ。

——なにを寝ぼけたことを。

本当だよ。

いや、びっくりしたね。

さすがに幽霊なんか見たことないからさ。それよりなにより、なんでこんな山の上で、俺のテントの中に幽霊が現れるんだって。

でも、すぐに落ち着いたよ。おまえによく聞かされていたじゃないか。実際、霊に出くわした時は、不思議と現実的な感覚になって、時には霊だとわからないこともある。しかし後になって考えてみると、辻褄《つじつま》が合わないことに気づく。もしかしたら、あれはこの世の者ではなかったんじゃないかと、初めて気がつくこともあるほどだってね。おまえが言っていたことを、その時思い出したんだ。実際に体験してみると、確かにそんな感じだ。

――でも、幽霊だって、なんですぐに気がついたんだよ？

そりゃわかるさ。状況が状況だぜ。それに、ひとり用のテントだ。しかも現れたのは俺の足元だぜ。いくら背の低い女性だって、正座するほどのテントの高さはないじゃないか。

それなのに、テントの中にいるんだぜ。生きた人間じゃないだろう。

――おまえ。けっこう肝が据わっているな。

月明かりに照らされて、夜でもテントの中はそれなりに目が利いてね。

その女が寂しそうな目で俺を見つめているんだ。その顔がまた綺麗《きれい》なんだよ。鼻筋が通っていて、小さな下唇が妙に色っぽく膨らんで、薄暗いテントの中でも、肩まで伸びた髪に艶《つや》があるのがわかる。

これは山に慣れた女の幽霊じゃないって思ったね。なにしろ、着ている服がおおよそ山の服装らしくない。薄い色のブラウスに、紺色のような山スカートにスパッツを穿《は》いている。もっとも座っているし、俺は寝袋から首を曲げて見ているわけだから、スカートの方は正直よくわからなかったけどな。そのブラウスから見える胸のふくらみが、また魅力的でね。

唐松岳は、八方池までのハイキングコースから続く山だ。おそらく、行けるところまで行ってみようという感じで、安易に足を踏み入れて遭難しちまった、観光客か初心者の山ガールというところだろうな。

成仏できずに人恋しくて出てきたのか、あるいはずっとこのあたりをさまよっているのか。とにかく綺麗な女だった。

――よくもまあ、そんなに冷静に観察ができたな。それでどうした？

その女がすがるような目をしたまま、横になっている俺の方ににじり寄ってきた。そして俺の目を見たままゆっくりと服を脱いで、寝袋に入ってこようとするんだよ。

――それは怖いな。

いや。怖くなかったね。その女がさ。いい香りがするんだ。香水じゃないぜ。上品な女性の香りさ。いやあ。まいったね。寝袋に入ってきた瞬間、異様な冷気を感じたし、実際、女の肌も冷たかった。ただ、その肌はねっとりしていながら滑らかで、手のひらに吸いつくような感触だったよ。

――まいったねって、おまえ。だいたい、幽霊に触ることなんかできるのかよ？　おまえが前に言っていたじゃないか。金縛りっていうのは、科学的に証明されている。つまり、心身のバランスが崩れた時、肉体と神経の睡眠導入のタイミングが、ほんの一瞬ずれるから現象が起きるんだろう？　体が先に寝ちまって、意識があるのに体が動かず、怖いと思うから恐ろしいものを見る。だから怖いと思わずチャンスだと思って、好きな女性のことを一心に想像すれば、いつかその女性が枕元に現れるってさ。

こうも言っていたぜ。その金縛りの最中、五感は起きているときと同じように働いている。なかでも触感は、起きている時よりも、より研ぎ澄まされているように感じるってね。女が現れたのも、俺が今にも眠りそうになった瞬間だ。もしかしたら、俺は自分で気づかないうちに一種の金縛りのような状態になったのかもな。いま思うと、確かに自分の体が意思通りに動かなかったような気もする。でも、そんなことはどうでもいいじゃないか。幽霊と思ったほうがロマンだろう？

——おまえは、なんでそんなに能天気なんだ。それからどうなった？

成り行き上、仕方ないじゃないか。俺も男だからな。

——おい、なにを言っているんだ。まさか……おまえ、幽霊と交わったんじゃないだろうな？

おいおい。品のない言い方をするなよ。情を交わしたって言ってくれ。

いやはや、その女が異様に積極的でさ。俺の目をじっと見つめたまま、体に絡みつくように愛してくるんだ。それまでの清楚《せいそ》な雰囲気からいきなり豹変《ひょうへん》したって感じで、さすがに最初はちょっと引いたよ。でも、俺は女の怪しく妖艶《ようえん》な香りと、淫靡《いんび》な愛撫《あいぶ》にすっかりやられてしまったんだよ。

ほとんど、女のなすがままさ。確かに最後まで、女の肌は冷たかったけどね。

――おまえ、馬鹿じゃないのか。それこそ、まさに死地への誘惑じゃないか。

まあ聞けよ。いやはや素敵な夜だったね。ことが終わると、まるで吸い込まれるように俺は眠ってしまった。明け方、目を覚ますと、さすがに女は消えていたけど、まだ俺の体に、女の肌の心地よい冷たさと、妖艶な香りが残っていてね。

――なにを、のんきなことを言っているんだ。おまえ、とり憑《つ》かれるぞ。いや。もう遅いかもしれない。

確かに寝袋に滑り込んできた時に、一瞬それまでとまったく違った、心の闇が表面に出たような表情で、女が小さく笑ったような気がするけどな。それはそれでいいじゃないか。正直言って、俺は彼女に参っちまったのさ。しばらく唐松岳のテント場に通いたいほどだよ。

――いいかげんにしろ。なんて単純な男だ。いいか。すぐにお祓《はら》いしてもらえ。それから、おまえはもう、唐松岳のテント場には泊まるな。もし、その女性が本当に幽霊で、そしておまえのテントにまた現れたら、情を交わすたびにおまえは生気を吸い取られて、いつかテントの中で死ぬことになるぞ。

そうかなあ。彼女もずっとひとりで、寂しかったんじゃないのかなあ。確かに最初は悲しそうな目をしていたけど、一瞬笑った時の怖い表情の後は、途中から幸せそうな顔に変わってたぜ。

——それは、おまえという取り憑く相手を見つけたからさ。成仏するための道連れを見つけたからだよ！

僕の言葉に答えず、佐藤は曖昧《あいまい》な笑みを浮かべながら、芋焼酎のロックを口にした。

僕があれほど忠告したにもかかわらず、佐藤はその後、唐松岳のテント場に通いつづけたようだ。

山仲間の中でもその話は噂になり、本気で佐藤の身を案じる者や、あきれ果てる者、中には自分も行ってみようかなどという不謹慎な者まで現れた。

そんな佐藤から、会いたいと連絡があったのは、最初に女性の霊の話を聞いてから三ヶ月ほど経った週末のことだった。

横浜にある、行きつけの居酒屋で待ち合わせて話を聞いた。

さぞかし痩《や》せ細っているだろうと想像した佐藤の容姿を見て、僕はあっ気に取られた。

三ヶ月前よりも生気があり、雰囲気もエネルギッシュになっている。

「どうした？　俺が骨と皮だけになっているとでも思ったか？」

見透かしたように、佐藤が僕にビールを注ぎながら笑った。

「だって、おまえ。相変わらず、件《くだん》のテント場に通っているんだろう？」

「ああ、通っている。暇さえあればあの山に登って、縦走することもなく、同じ場所にテントを張っている」

「女性の霊は？」

「現れてるよ。一杯やって眠りそうになる瞬間に、必ず現れてくれる。やっぱり金縛りなのかね？」

「金縛りであることを僕は祈るよ。それで……そっちは？」

「つまらないことを聞くなよ。情は交わしているよ。最初のころは、とにかく女が積極的でさ。おまえの話を聞いていたから、これは情を交わすたびに本当に生気を吸い取られて、いずれあの世に連れて行かれるのかもしれないとも思ったよ。でも最近は、俺の方が積極的になっちゃってね。今や主導権はこっちの方さ」

「いったい、おまえっていう奴は、どうなっているんだ。少しはやつれた方がおまえのためになるんじゃないのか？」

「それは、惚《ほ》れた女とひとつのテントの中で愛し合えば、元気にもなるさ」

「その惚れた女が問題なんだろうが。いいかげんわかってくれよ」

「その彼女について、ちょっと相談があるんだが」

「相談？」

「ああ。なんだか最近、彼女の方がやつれてきたんだよ。まあ、幽霊だから、やつれるのが普通なのかもしれないし、当たり前だが死にはしないだろうけれども。ちょっと心配でね」

僕は口に含んだビールを危うく噴き出しそうになり、あきれて佐藤の顔を見た。

世の中に、これほど豪気で勘の鈍い人間も滅多《めった》にいないだろう。

あるいは、佐藤が自分でも自覚している通り、すべては金縛りのような状況に陥った中で、彼が自分で作り出した幻想なのかもしれない。しかし、唐松岳のテント場という限られた場所で、佐藤が幽霊だという女性は、少なくとも彼の中には確かに存在しているのだ。

僕はその女性の行く末を案じて、苦笑しながら佐藤にビールを注いだ。

どうやら、佐藤にとり憑こうとした女性は、いつの間にか形勢が逆転して、佐藤にとり憑かれてしまったようである。

ケルンは語らず

恋人の優香《ゆうか》との婚約を翌年の初夏に控え、野崎《のざき》は今回の山行を最後の冬山縦走にすると決めていた。

優香とはハイキング程度の山歩きはしていたが、本格的な登山に誘ったことはない。バリバリの山男である野崎に対して、優香はどちらかというとインドア派の静かな女性で、外で運動をするよりも、室内で音楽を聴きながら読書をする方が楽しいといった性格だった。

家庭を持てば、ある程度、山行は控えなければならない。ましてや、命の危険が伴う冬季の高山縦走は、もし遭難すれば、手に入れた幸せな家庭を一瞬で壊すことになり、それは自分の趣味のために妻の一生を台無しにすることを意味する。

婚約前の最後の冬山縦走に、野崎は後立山連峰の爺ヶ岳から鹿島槍ヶ岳、そして五竜岳を経て唐松岳に登り、八方尾根に下るというコースを選んだ。

年の暮れも押し迫った十二月の下旬。予備日を入れて三泊四日の予定で、野崎は扇沢から爺ヶ岳に取りついた。

結果として、野崎は山から帰ってこなかった。
唐松岳から八方に下る、最後の下りで力尽きたのである。
野崎は、遭難する直前まで、詳細な手記を残していた。
深い雪の中、爺ヶ岳から鹿島槍ヶ岳を越え、核心部である八峰キレットの難所もトラブルなく越えたようだ。

手記によれば、爺ヶ岳から鹿島槍ヶ岳に向かう雪深い稜線《りようせん》上で、野崎は体の不調を感じはじめていたらしい。

冬季閉鎖中の冷池山荘から、赤岩尾根を下り、大谷原へエスケープすることも考えたようだが、これが最後の冬山縦走と決めていたことから、そのまま先に進んだらしい。

鹿島槍ヶ岳から五竜岳まで縦走し、テントを張ったころから、それまで薄曇だった空から雪が落ちはじめた。そして翌朝、目を覚ました時には、テントの外幕に雪の飛礫《つぶて》と強い風が打ちつけられていたようだ。

このまま停滞することも考えたが、難所が続くここまでの縦走を技術的にはひやりとすることもなく越えてきたことから、五竜岳から唐松岳までは、それまでの縦走路に比べれば難易度は低く、突破することは可能と考えたようだ。

　また唐松岳からの下りは、広い雪原で吹雪に巻かれての道迷いに注意をして、標高千八百三十メートルに建つ八方池山荘までたどり着けば、後は三機のリフトを乗り継いで山麓《さんろく》に下りることができるのも、野崎に行動することを決意させた理由のひとつのようである。

　風雪の中でテントを撤収して、唐松岳に向かう縦走路に張り出した雪庇《せっぴ》を踏み抜くこともなく、予定よりも四十分ほど遅れて、野崎は唐松岳にたどり着いた。風雪は強くなっているが、腰を屈《かが》めてやり過ごす耐風姿勢を取るほどではない。

　相変わらず、体調は良くなく、普段以上の体の重さを感じていたようだが、野崎は八方尾根を下る急な雪面に足を踏み入れた。

　夏ならばナナカマドやダケカンバが茂る下ノ樺《しものかんば》と思われるところまで下ったところで、野崎が一番心配していた霧が湧いてきた。風雪の中、その霧は五分もしないうちに尾根全体を包んでしまった。

　細い稜線はすでに過ぎ、夏の季節ならば越えてきた五竜岳の雄姿や、唐松岳から白馬岳への縦走路に待ち構える不帰《かえらず》キレットの峰が左右の眼前に広がるのだが、今はすべてが霧の中に隠されている。

　ホワイトアウトの広い雪原の中、野崎はとにかく東に向かって下ることだけに集中して、一歩一歩ゆっくりと歩を進めた。

足元しか見えない白い世界の中、方角を誤り沢に迷い込まずに下る緊張感と、体に打ちつける風雪に、心身の不調はピークに達していたようだ。

耐え切れずに一度足を止めてしゃがみ、真っ白な下り斜面の先を見た時、野崎はそこに、十字に輝く小さな光を見たと記録している。

ヘッドライトのはずはない。この天候の中、山を登ってくる者はさすがにいないはずだ。しかしその光には、はっきりとした意思を感じ、まるで野崎を導いているように見えたらしい。

もしかしたら悪魔の誘いかもしれないと思いながらも、野崎はその光に向かい、再び力を振り絞って歩きはじめた。

近づくにつれ、その光は弱くなり、そしてその光が消えたと同時に野崎はケルンにたどり着いた。

唐松岳からの距離、そしてこれまでの経験から、それは標高二千四百三十メートルに建つ丸山ケルンではないかと野崎は推測した。

ここまで来れば、道迷いにさえ気をつければ、八方池山荘までわずかな距離だ。そこから先はリフトを乗り継ぐことにより、山麓に無事戻ることができる。

野崎はケルンを見て、この日初めてほっと息をついた。

野崎の手記はここで終わっていた。

春になり、雪が解けて、野崎の遭難遺体は、丸山ケルンに寄りかかるような姿で見つかった。

おそらく一休みするつもりが、疲労か体調不良のため、そのまま眠ってしまい凍死したものと思われる。

野崎の遺品を受け取った優香と野崎の家族が、涙に濡《ぬ》れてそれを整理するうちに、ザックの雨蓋《あまぶた》の中から小さな黒いケースを見つけた。

蓋を開けたが、中にはなにも入っていなかった。

中に入っていたのは、間違いなく婚約指輪だろうと遺族は思った。

もしかしたら、普段から悪戯《いたずら》好きだった野崎が、婚約直前の雪が消えた季節に、優香を連れて丸山まで登り、ケルンから取り出して渡そうとしたのか。あるいは、ここまで来たらとほっとひと息つきながら、実は体力の限界を悟った野崎が、最後の力を振り絞って埋めたのか。

いずれにしても、婚約指輪は丸山ケルンの石の間のどこかに隠されている気がした。

婚約予定日だった日を数日後に控えた七月、優香はひとり、八方からリフトを乗り継ぎ、丸山を目指した。

三機目のリフトを降りて、八方池まで続くハイキングコースを登るだけで息が切れた。

平日のためか、観光客の姿は少ない。

青く澄んだ空の下、額ににじむ汗を拭《ふ》きながら、優香は歯を食いしばって山を登った。

息を切らして急な坂道を登った先に、岩が散らばり、お椀《わん》をふせたような平らな大地が現れた。

丸山である。

そこに、野崎の最期の場所となった丸山ケルンが建っていた。

優香は、疲れも忘れてケルンに駆け寄り、岩の多くをコンクリートで補強された三角錐《すい》の塔を撫《な》でた。

小型のザックに入れてきた小さな花を供え、膝《ひざ》をついて両手を合わせた。

自然に涙が溢《あふ》れてきたが、それを拭《ぬぐ》うこともなく、優香は両手を合わせつづけた。

何人かの登山者が通り過ぎながら、その姿を見て気の毒そうな顔になり、中には立ち止まって帽子を取り、優香とケルンに向かって頭を下げる者もいた。

まるで時間が止まったかのように、長い間祈りつづけた優香は、やがて立ち上がり、ケルンの周りを丁寧に撫ぜながら、石の割れ目の中にあるはずの婚約指輪を探した。

長い時間ケルンの周りを探しつづけたが、婚約指輪は見つからなかった。

その動きを不審に思った登山者の何人かが、なにを探しているのか尋ねてきたが、優香は曖昧《あいまい》な笑みを浮かべて言葉を濁した。

そろそろ山を下りないと、リフトの最終時間に間に合わなくなる。

指輪は絶対、このケルンのどこかに隠されているはずだ。今日でなくてもいい。いつか絶対に、野崎が残したはずの愛の証《あかし》を、自分の手で探し出すことを誓って、優香は丸山を後にした。

優香の身長よりはるかに高い丸山ケルンが、去っていく自分の背中を静かに見送ってくれているような気がした。

野崎の手記には、ケルンにたどり着いたとしか書かれていなかった。冬になれば、その年の降雪量にもよるが、そのほとんどは雪に埋もれているはずだ。

そうだとしたら、野崎が見つけたというのは、本来の高さよりもずっと低い、雪面に突き出ていたケルンの頭頂部のことを言っているのではないのだろうか。

もしかしたら、野崎が隠したと優香が信じる婚約指輪は、眩《まぶ》しい初夏の日差しに照らされて、ケルンの天辺《てっぺん》で小さく光り輝いているのかもしれない。

三日月の仮面

静岡の国道一号線の道の駅から『蔦《つた》の細道』の登山口に向かって歩いていたら、後ろから突然声をかけられた。びっくりして振り向くと、そこにはひとりの若い女性が立っていた。背が高く瞳《ひとみ》の大きな、ショートカットのアイドルのような顔とスタイルの可愛い女の子である。

最近のＳＮＳのように、気軽にインターネットに配信できる時代ではない。ホームページに文章や写真をアップロードする時代の話である。

その女性には見覚えがあった。僕が道の駅のベンチに座ってひと休みしている時に、十メートルくらい離れたところにある柱の陰に立ち、ずっとソフトクリームを小さく可愛い舌で舐《な》めながら、まるで探偵のように僕を見つめていた女の子だ。

「あの……どちらからいらっしゃいました？」

女の子が不安げに聞いてきた。

「横浜《よこはま》からですけど……」

「ホームページとかやっていません？」

「はあ。なんとなくやっていますけど」

「もしかして潤平《じゅんぺい》さんですか？」

「……そうですけど」

女の子の顔が一気に和らいだ。

「フクです～っ」

「えっ！　そうなの！」

「ＢＢＳの『風の便り』を見て、みんなの指令を受けて見張っていました」

その時代、インターネットのホームページにはＢＢＳという、読者とのやり取りができる専用の電子掲示板があった。ホームページ上で、年がら年中行方不明を繰り返す僕は、旅先から携帯電話で書き込みができる、日記代わりの『風の便り』というＢＢＳを立ち上げていた。

昨晩、静岡の宿から、明日は蔦の細道を歩くつもりだと書き込みをしたのだが、どうやらそれを見たホームページの読者たちから、静岡に住むフクちゃんに、探しに行けと指令が下ったらしい。

フクちゃんは大変な病気を経験しながら、見事にそれを克服し、それどころかその後、ご主人とはじめた山登りでも、メキメキと腕を上げてきた静岡の元気な女の子だ。

あまりに突然の出来事にあっ気にとられた僕は、ほとんど会話らしい会話もできず二言三言挨拶《あいさつ》を交わすと、フクちゃんと別れて静岡駅で出会った女性と『蔦の細道』に取りつく階段を登りはじめてしまった。

思えば今日は、朝からいつもと勝手が違っていた。

前泊した静岡の宿を出て、駅の中の喫茶店で出発前のコーヒーをのんびり飲んでいたら、入口から山行の格好をした女性がひとりで入ってきた。店の中で山行の格好をしているのは僕とその女性だけである。これは山を趣味にしている人々共通の癖なのではないかと思うのだが、周りに山行の格好をしている人がいると、その人がどこに登るのか、あるいはどこから下りてきたのか、どんな装備をしているのかなどが気になって仕方がなくなる。そんなわけで僕もその女性も二席ほど離れた一人掛けのテーブルに座りながら、お互いの顔とザックをチラチラと見比べていたのである。

やがて、あまりのんびりしていられない時間になって僕は席を立った。

伝票を持って二、三歩歩きはじめたところでその女性に声をかけられた。

「どちらに登られます？」

「登るというほどじゃないんですけど、安倍《あべ》川《かわ》から蔦の細道を歩こうかと思っているんですが」

「えっ。私もいっしょです」

「そうなんですか？」

いつものことなのだが、人見知りが激しい僕は、初対面の人と話すとどうしても返す言葉が短くなってしまい、その結果、相手にぶっきらぼうな印象を与えてしまう。しかしこの女性はとても大らかで、そんなことはお構いなしに話を続けてくる。

「よろしかったらいっしょに歩きません？」

「はあ？」

彼女は、もう席を立ってザックを背負っている。

あっという間に、ふたりで歩くことが決まってしまった。

平安時代から中世まで利用されていたと伝えられる、いにしえの古道である『蔦の細道』の登山口は、静岡から東海道線で一駅行った安倍川駅から丸子《まりこ》川《がわ》沿いの遊歩道を歩いて三キロほど先の丸子宿を抜け、さらに国道一号線に沿って歩いた道の駅の先にある。

思わぬことからいっしょに歩くことになった、僕より幾つか年上に見えるこの女性は、想像した通りとても気さくな人で、おかげで僕は、登山口までの六キロの道のりを歩くうちに、その女性とすっかり打ち解けることができた。

安藤広重《あんどうひろしげ》の東海道五十三次にも描かれた、宇津《うつ》ノ谷《や》峠を越える蔦の細道は、想像していたよりも遥《はる》かに短く、一汗かく間もなく十分ほどで峠の頂きにたどり着いてしまった。

古くは『伊勢《いせ》物語』や『更級《さらしな》日記』にも描かれているこの峠には、在原業平《ありわらのなりひら》の句碑が建ち歴史の古さを物語っている。

ふたりで峠のベンチに腰を下ろし、ザックから水筒を取り出して冷たいお茶を飲んでいたら、また声をかけられた。今度は僕よりもだいぶ若い夫婦連れである。

「潤平さんですよね？」

「そうですが？」

「ザックの縫いぐるみでわかりました！　ホームページに今日、こちらの方に来るようなことが書いてあったので。もしかしてと思って来てみました」

「どうも……あの……はじめまして」

「はじめまして！」

実に不思議な一日だ。遠く離れた静岡の地でフクちゃんと会い、そして見知らぬ人たちと出会って当たり前のように話をしている。

駿河《するが》なる宇津の山辺の現《うつつ》にも夢にも人に逢《あ》はぬなりけり

ベンチの後ろにある業平の句碑が、僕の背中を見て苦笑しているような気がした。

ひと休みした後、四人で峠を越えて反対側の蔦の細道公園に下り、宇津ノ谷の集落を目指すことになった。沢沿いに緩やかに下る峠道は、時おり春の風がひんやりと吹き抜けて気持ちよく、かたわらを流れる沢の水の中には何匹もの沢蟹《さわがに》の姿を見つけることができた。

三十分ほどで山を下り、丁字路を右に折れて綺麗《きれい》に整備された蔦の細道公園の東屋《あずまや》でテーブルを囲み、みんなで一息ついた。ちょうどこの日、公園には課外授業でもあったのか、赤白帽子に体操着姿の小学生が大勢来ていて、小川の中で水飛沫《しぶき》を上げ盛んに歓声をあげていた。

公園の片隅に小さな資料館があり、東海道五十三次の中で安藤広重が描いた宇津ノ谷峠の絵の写しが壁に掛けられていた。

「昔はこんなに険しかったんだねえ」

夫婦連れの旦那《だんな》が言った。

感慨深い顔で壁に掛かった絵を眺めている三人の横顔を見て、広重の絵を見るうちにお茶漬け海苔《のり》でご飯を食べたくなっていた僕は、少し恥ずかしくなって一足先にひとりで資料館を出た。

舗装された道路を緩やかに下り、明治、大正、昭和とその当時三本並んだトンネルのうち、一番古くひんやりと冷たい風が吹き抜ける明治のトンネルを抜けた。

道は谷沿いに続く宇津ノ谷の集落に入っていく。

峠道の途中に集落一帯の景観を眺められる場所があり、そこから眼下に広がる宇津ノ谷の集落は、机の上に広げた箱庭のように美しく見えた。春とは思えぬ強い日差しに集落の瓦《かわら》屋根がキラキラと光っている。古い家並みに入り、軒先の屋号などを眺めながら歩くうち、道を一本入った路地に、美味《おい》しそうな一軒の手打ち蕎麦《そば》屋を見つけた。

吸い込まれるように、みんなで蕎麦屋の暖簾《のれん》をくぐる。

手打ちの蕎麦と山菜の天ぷらを肴《さかな》にして、今日の出会いと蔦の細道にビールで乾杯となった。

運ばれてきた竹の籠《かご》にはコゴミ、ギョウジャニンニク、コシアブラといった、この地で採れる珍しい山菜の天ぷらが盛られ、どれもサクサクと良く揚がっていて美味《うま》かった。

しかし、僕があっ気にとられたのは、蕎麦と天ぷらを運んできた女性の顔だった。

その声や体の線から女性だということはわかる。しかし、その店員は黒い仮面をかぶっているのだ。

仮面といっても大げさな仮面ではない。黒い画用紙を切って、輪ゴムで耳に掛けたような簡素なものだ。

その簡素な仮面が異様なのだ。

将棋の駒を逆さにしたような五角形の仮面に、三日月の形を逆にした二つの目がついている。そして鼻にはなにもなく、口の部分がまた三日月の形に切り取られているのだ。

不自然に目が笑い、それ以上に不自然な笑いをたたえた仮面を、料理を運んできた店員がかぶっているのだ。

僕以外の人たちは、それにまったく気づいていない。いや、気づいていないというよりも、まるで普通の人を見るように、店員から料理の盛られた皿を受け取っているのだ。

不思議な気分だ。そんな状況の中にいると、仮面をかぶった店員を見ている僕の方が、実はおかしくなっているのではないのかと思いはじめるのだ。

僕は一緒に歩いた仲間たちに、仮面の店員のことを訊《たず》ねることもできないまま、首を傾げながら蕎麦を啜《すす》った。

静岡でいっしょになった女性は東京へ、峠でいっしょになった夫婦は清水《しみず》へ、それぞれ今日帰るのだそうだ。

僕は今夜も静岡に泊まり、明日は山伏《やんぶし》でも歩いてみようと思った。集落を抜けて国道に戻りバスを待って静岡駅に戻れば良い。

「また、みんなでいっしょに歩きたいわね」

静岡駅で出会った女性が言った。

「またどこかで、ばったりっていうパターンが面白いんじゃないですか？」

夫婦連れの旦那が言った。

「私は計画して出かけたいなあ」

奥さんの方が言う。

そんな声を聞きながら、僕はみんなの顔は見ずに、ただひとり前を向いて黙って笑っていた。

静岡旧東海道の散歩道である蔦の細道で思わぬ出会いを体験したその夜、僕は静岡駅のビジネスホテルに宿を取って、地元の居酒屋で美味しい酒と地元の魚に舌鼓を打った。ほろ酔い気分で宿に戻って翌日の天気をテレビで確認し、駿河の名山である大《おお》谷《や》崩れから山伏への縦走を考えて朝の四時半に目覚ましをセットしてベッドにもぐり込んだのだが、夜が明けてみればふかふかベッドの誘惑にあっさり負けて、いつもながらの朝寝坊である。予定時間を二時間もオーバーした朝の六時半になって、無理やり身体を引き剝《は》がすようになんとかベッドから抜け出し、寝ぼけ眼のまま顔を洗う。

タオルでガシガシと顔を拭《ぬぐ》い、ボサボサの髪の毛を掻《か》きながら再びベッドに腰掛けてザックの中からガイドブックを取り出し、咥《くわ》えたばこで静岡のページをパラパラと捲《めく》った。

焼津《やいづ》の先に『花沢《はなざわ》の里』という古い家並みをそのまま残した集落があるという。木曾路《きそじ》、飛騨《ひだ》高山《たかやま》といった、昔の風情をそのまま残す旧街道を歩くことが好きな僕は、魅力的な名前のその家並みをのんびり歩くのもいいなどと思ったのだが、いくらなんでもそれだけでは時間が余ってしまう。

さらにガイドブックを捲るうち、下山口から花沢の里に道が続く高草山《たかくさやま》という里山を見つけた。

山腹一面が茶畑の山で、焼津駅からバスを利用すれば十五分ほどで登山口に着けるという。

暦を見れば今日は八十八夜。お茶の香りを嗅《か》ぎながらの里山歩きも楽しそうだ。

静岡駅から三駅ほど乗った焼津駅で東海道線を下り、登山口に向かうバスを探すのが面倒になって、駅からバスで十五分ほどの位置にあって山腹がすべて茶畑の山という手掛かりを元に、駅から見えるそれらしい山に目星をつけて僕は適当に歩きはじめた。

北の方向に、一目でそれとわかる山腹一面を茶畑の緑に染めた、どっしりとした山が見える。

「バスで十五分ならば、歩いても四十分程度か」

車の通りもまだ少ない車道をのんきに歩いた僕なのだが、悲しいほどの方向音痴振りを発揮して、意思に反してあっちこっちに寄り道を繰り返し、なんとか高草山の登山口に着いた時には時計の針が午前九時半を回っていた。

本来バスで来た場合に下りるはずだった『坂本《さかもと》』のバス停を左に見て、斜め右に続く細い枝道に入る。八十八夜の今日、道路縁《べり》では摘みたての新茶の即売が行われており、地元のおばちゃんたちが手招きしている。その顔を見て驚いた。みんな、昨日、蕎麦屋で見たあの三日月の黒い仮面をかぶっているのだ。しかし、不思議と気味の悪い感覚は迫ってこない。呼ばれるままに、笑い顔の黒い仮面のおばちゃんから受け取った新茶をふうふう言いながらいただく。普段飲んでいるものよりも遥かに深い緑色をしたそのお茶は、新緑の森の中にいる気分になる、渋くて甘いとても素敵な香りがした。

民家の間を抜け、狭い登り坂をしばらく行くと林叟院《りんそういん》の境内にたどり着く。

ガイドブックによれば、林叟院には駐車場があり、車でアプローチする登山客はそこに車を駐《と》めて歩きはじめることができるようである。

途中、狭い道を何台も車が上がっていき、そのたびに道の隅に身体を寄せてやり過ごしていた僕は、てっきりみんな高草山に登るものだと思っていたのだが、それらの車は境内で開かれていた骨董《こっとう》市を見物する客のものであり、境内奥に続く山道に取りついたのはけっきょく僕ひとりだけだった。

春を迎え、うるさいくらいに生い茂りはじめた木々の中を縫うように続く急な階段を登る。

五月とは思えない、まるで初夏のような陽気の中、すでにTシャツ一枚になっていた僕なのだが、五分も登るうちに額から汗が噴き出してきた。

日差しは強く、セミの声でも聞こえてきそうな陽気である。

階段が途切れると、今度は見晴らしのないつづら折りの道がしばらく続き、道標《みちしるべ》に従って眼下に流れる沢沿いに行く道と、そのまま尾根をつたって進む道に分岐する。

どちらの道を行っても三十分ほどで再び合流することになるのだが、分岐点から少し沢側に下ったところに地元の人間らしいひとりの登山者が、立派な望遠レンズを装着した一眼レフを構えて立っており、さかんに首を傾げながらなにかにレンズを向けている。その登山者も、また黒い仮面をかぶっていた。

僕はそれを見て、特に躊躇《ちゅうちょ》することもなく尾根を行く道に歩を進めた。

見晴らしの利かない尾根道は、思いのほか急登で、僕はいとも簡単にあごを出した。

昨日の夜は地元の魚の美味さも手伝って、少しばかり飲みすぎたかななどと反省をしているうちに、一気に目の前が開けて暗い林をつき抜けた。

茶畑を縫うように走る農道に飛び出す。

見上げても見下ろしても、辺り一面緑一色の茶畑で、その山腹のど真ん中に自分が立っていることがわかる。

僕は農道の路肩に腰を下ろし、アスファルトの上に足を投げ出して、水筒からコップに注いだ冷たいお茶を飲んで一息ついた。

目の前に焼津の町と駿河湾が大きく広がっていて、心の中が開放感でいっぱいになる。海に張り出した岬は御前崎《おまえざき》だろうか。

この後、山道は茶畑の中に続いており、何度か農道を横切って高度を上げて行く。

ふたつ目の茶畑の中に足を踏み入れてしばらくすると、いつの間にか登山道を外れてしまい、よくもこんな斜面でお茶の収穫が出来るものだと感心したくなるような急坂を、お茶の葉を傷めないように気を遣いながら無理やり登って行った。

緑の斜面は見事としか言いようのないほどの一糸乱れぬ正確なカーブを描いて綺麗に刈られていて、山全体がひとつの芸術作品のようだ。

そんな贅沢《ぜいたく》な道を何度か越え、そして農道を横切るうちに登山道は茶畑を越えて、山頂へ直登する階段状の道へと変化する。

道は、放置されてすっかり背丈を伸ばしたお茶の木にトンネルのように囲まれていて、山頂直下の小さな林の中に一直線に続いている。

その道を頑張って登るうちに、今日の下山路となる石脇《いしわき》集落への分岐と、さらにその先の満観峰《まんかんほう》への分岐を左にやり過ごして、ようやく高草山の山頂にたどり着いた。

この時期山頂付近はキスミレの群生に覆われて、ことのほか綺麗だということだったのだが、それらしい花はあたりに見当たらなかった。

そういえば最後の登りの道端に、黄色い五枚の花びらをつけた背の低い野草がかたまって咲いていたのだが、はたしてそれがキスミレなのかは花音痴の僕にはわからない。

思ったよりも狭い山頂には、高草権現が祀《まつ》られており、ちょうどこの日に祭事があるらしく、地元の衆が繰り出していて、祠《ほこら》の周りに紅白の幕を張り、総菜や日本酒などをせっせと並べて忙しそうに準備を進めていた。その中に何人か、例の黒い仮面をかぶった男たちがいた。仮面をかぶった者とかぶっていない者に、なんの違いがあるのかはわからない。

その光景を眺めながら、僕は一枚だけ山頂から広がる風景を写真に収めて、山頂よりも一段低い場所に木製のベンチを見つけてそこに移動した。

ベンチの周りは木々に囲まれていたが、正面だけが綺麗に開けていて、眼下には広く太平洋が広がり、そこに伊豆《いず》半島が海龍の背のように横たわっていて、そしてその左には綺麗な形に残雪の冠を被った富士山が、墨絵のように浮かんでいた。

ベンチに腰掛け、ズボンのポケットからお茶の葉を取り出した。

実はどうしてもやってみたいことがあって、登ってくる途中、悪いこととは知りながら、茶畑の若葉を四、五枚摘んでポケットに入れていたのである。

手の平の中で丹念にお茶の葉を揉《も》み、ちょっとだけ香りを嗅いでから、ベンチの上に置いたコップの中に入れてみる。

ザックから携帯用のポットを取り出し、コップの中にお湯を注いだ。

コップの中のお湯が、ほんのわずかだが緑色に染まった。

茶畑の山で採りたての新茶を飲む。

もちろん生のままの葉をお湯に浸して美味いはずはない。わかっていたが、どうしてもこれをやってみたかったのだ。

湯が冷めるのを待ち、コップに口をつけて一口だけ口に含んでみた。案の定、青臭いただの葉っぱの味である。

最初からわかっていたことだ。

山頂から、僕の姿を見下ろしていた、祭事を用意している男たちの何人かが、僕の渋がる顔を見て、声も出さずに笑っている。

あの仮面をかぶって。黒い笑った仮面をかぶって。

コップの中に浮かぶ緑の葉っぱを眺めたあと、僕はその仮面の男たちを見上げて笑い返した。

黒い仮面の男たちは、満足したように小さくうなずき、そして山頂に姿を消した。

三十分ほどベンチでくつろぎ、最後にもう一度富士山をゆっくり眺めてからザックを背負いなおして、僕は山を後にした。

「石脇」への分岐を左に折れ、急な斜面を急ぎ足で下る。

しばらく行くと、道は登ってきた時と同じように茶畑の中を歩くようになり、ふたつ目の農道を左に折れて、アスファルトの道を右へ左へと下るうちに、一時間ほどで石脇の集落にたどり着いた。

『左へ花沢』と刻まれた石の道標が道の角に立っている。

地図によれば、花沢の里の駐車場まで約二十分。さらにそこから十分歩けば古い家並みに着くようだ。

道標の横に腰を下ろし、僕はたばこに火をつけながら、今下りてきた山を振り返った。

正午に近くなり、日差しはますます強くなっていた。

陽の光を浴びて山の斜面の緑がキラキラと光っている。僕はたばこを一本吸い終わるまで目を細めながらそれを眺め、立ち上がると花沢の里を目指して、再び歩きはじめた。

顔の火照りが、今日一日だけでずいぶんと日焼けしたことを物語っていた。

白い手拭いを首から下げて、乳母車にいっぱい夏蜜柑《みかん》を積んだ腰の曲がった女性が向こうからやってきて「暑いねえ」と声をかけてきた。三日月の形に笑う、黒い仮面をかぶっている。

笑顔で挨拶を返し、すれ違ってしばらくしてから振り返ると、その女性は黒い仮面をかぶったまま、道端に立ち止まり腰に手を当てて背伸びをしていた。

僕は、その光景をごく自然に眺めた後、アスファルトの道を再び歩きはじめた。

三日月の黒い仮面をかぶった者たちの正体はわからないし、これから先、静岡の旅でまた出会うかどうかもわからない。

ただ、仮面をかぶった人たちが、少なくとも、悪意を向けてくる存在ではないことを感じながら、僕はほっこりとした気分のまま、花沢の里に続く道をのんびりと歩きつづけた。

かくれんぼ

坐骨《ざこつ》神経痛を患ってから、山に行くよりも海に行く割合の方がずっと増えてきた。海と言っても、泳ぎに行くわけでもないし、潜りに行くわけでもない。だいたい僕は、海だけでなく、水の中に入ること自体が好きでないのだ。小学校のプールの授業も、なんのかんのと理由をつけては休んでいたし、なにより自分の足が着かないところにいるのが不安で仕方がないのである。

そんな僕を決定的に海嫌いにした事件が、大学時代に起きた。

友人に無理やり誘われ、四人乗りの小型ヨットを購入して、台風一過の夏、葉山の海に出た。三十分ほど沖に出た時、横波を受けてヨットが転覆した。小型ヨットではよくあることである。船底に突き出したセンターボードに皆で足を掛け、力任せにヨットを立て直せば良いだけだ。

ところが、そのわずかな時間の間に、僕は潮流に流され、あっという間にヨットから引き離されてしまったのである。

ライフジャケットを着ていたので、そのまま溺《おぼ》れることはなかったが、一分も経たないうちにヨットの姿は影も形もなくなり、大海原にぽつんとひとりぼっちになってしまった。

そのうち波が高くなり、波の上に乗った時に、最初は遠くに見えていた葉山のヨットハーバーもやがて見つけることができなくなった。

なにより、波と波の間に入った時の恐怖感は、いまでも忘れることができない。ぐんと低くなった海原にポツンと浮かぶ自分の両側を、巨大な波の壁が覆いかぶさってくるのである。

最初こそ、陸に向かって懸命に泳いでいた僕だが、いくら頑張っても潮流の速さに負けて、どんどん沖に流されて行くうちに、泳ぐことをあきらめてしまった。

景色のまったく見えない海の上で波に揉《も》まれ、わずか二十年ほどで終えてしまう自分の人生を嘆いた。

ところが、漂流して二時間後、高波の上に乗った瞬間、仲間たちの乗ったヨットが突然、僕の目の前に現れたのである。

転覆したヨットを立て直し、潮の流れを読んで捜索を続けていた仲間たちが、ついに僕を発見したのだ。

ヨットに引っ張り上げられ、陸地に戻った僕の体は、小刻みに震えていた。

恐怖のせいだけではない。二時間、海で漂流しつづけた僕の体は、芯《しん》から凍え切っていたのである。

それ以来、僕は一度も海に入っていない。

それでは、いったい海になにをしに行くのか。

釣りである。

僕は子供のころから、池でも川でも、そして海でも、とにかく釣りが好きだった。

水に入ったり、泳いだりすることが昔から嫌いだった僕なのだが、実をいうと母方の実家が静岡県西伊豆の温泉地である土肥《とい》なのだ。

山岳部だった父の影響で、子供のころから長い休みは山三昧《ざんまい》だった僕なのだが、お盆の時期だけは、土肥に墓参りに行ったものだ。もともと母の実家は、土肥で二軒の温泉旅館を経営する資産家だった。その温泉旅館に親戚《しんせき》一同が集まり、墓参りをした後、大人たちは宴会を開き、子供たちは海で遊んだ。

従姉妹《いとこ》たちはみんな海に入ってはしゃいでいたが、僕はひとりで堤防から釣糸を垂れ、メジナやイワシといった小魚を釣って遊んでいたものだ。

その二軒の宿も、破天荒だった祖父が、西伊豆で初めてのタクシー会社やダンスホール、その他にも色々な事業に手を出して失敗し、いつの間にか人手に渡ってしまった。

そんな子供のころ、横浜で通っていた小学校に、好きなひとりの女の子がいた。由《ゆ》美子《みこ》という名前の、ショートカットの活発な子で、日に焼けた小麦色の肌をした、笑顔の可愛い女の子だった。

その子の母方の実家が、土肥の隣町である八木沢《やぎさわ》だったことも、仲が良くなるきっかけのひとつだった。

いつか、お互いお盆休みに田舎に行った時、西伊豆で会って遊ぼうと約束したものだが、その約束を果たせないまま、それはそのまま苦い思い出になった。

海水浴の季節も終わりを告げた九月の下旬。僕は横浜から東名《とうめい》高速を飛ばし、沼津《ぬまづ》から伊豆縦貫道を通って、久しぶりに土肥を訪れた。

もちろん目的は釣りである。

釣りといっても、海の水に浸かるのが嫌な僕は、波の飛沫《しぶき》が掛かったり、時によっては海に転落する危険性もある磯釣りはやらない。防波堤や岸壁から釣る陸っぱりである。

宿はあらかじめ、源泉掛け流しの小さな民宿を素泊まりで予約した。真正面に駿河《するが》湾《わん》が広がり、その海に真っ赤な夕日が沈んでいく光景が、大きな窓から眺められるお気に入りの宿だ。

夜中のうちに出発した甲斐《かい》があり、土肥の釣りポイントのひとつである、コバルトに着いたのは明け方の六時前だった。

かつて沼津と松崎《まつざき》を結んでいた、こばるとあろー号という高速船の発着場所になっていたことから、その名がついた堤防であり、そのすぐ横には、土肥と清水《しみず》の港を結ぶ大型フェリーの発着所がある。

堤防は広く平坦で、公園の広場のような開放感がある。

早朝に着いたにもかかわらず、堤防の主要なポイントには、イナダやワカシなどの青物を狙うカゴ釣り師たちが場所を確保しており、この状況ではサビキ釣りで、足元のカタクチイワシを狙うことくらいしかできそうにない。西伊豆まで車を飛ばして、サビキ釣りで小魚を狙うのはあまりにも寂しいので、僕は場所を変えて釣りをすることにした。

土肥を離れて走りやすい国道を南下し、田子《たご》港を目指す。

途中、八木沢の小さな町を抜けて峠を越える。八木沢では、昔、母の従姉妹が鰹節《かつおぶし》の小さな製造所を営んでいたものだ。

そういえば、由美子ちゃんは八木沢のどのあたりに母方の実家があったのだろう。

何十年も前に、毎日手を繋《つな》いで小学校に通った、由美子ちゃんの明るい笑顔を不意に思い出した。

不思議なことに、そのころの他の友達の顔はほとんど覚えていないのだが、由美子ちゃんの笑顔だけは、いまでも色あせることなく鮮明に思い出すことができる。

それは、やはりその別れ方が、苦い思い出として僕の心に残りつづけているせいかもしれない。

峠を下り終え、安良里《あらり》漁港を右に見てからしばらく進んだ先の細い道を右に下り、田子の漁港にたどり着いた。

西伊豆の中でも規模の大きい田子漁港の湾内は広く、深いところで水深が二十メートル近くある。

海の水は透き通っていて、足元でも五メートル以上ありそうな水深なのに、すぐ先に海の底があるように見える。

風通しの良い長い防波堤が一本、沖に向かって延びていて、ここは回遊魚も狙える好ポイントなのだが、僕は車を横付けできる岸壁に釣り座を置いた。

国道から奥まったところにあるためか、広い割に田子漁港は釣り人で混雑することは少なく、周りの釣り客に気を遣うことなく、のんびりと釣りを楽しむことができる。

この漁港は釣りよりも、近くの小島で楽しむダイビングスポットの基地として有名であり、この日も晴天の下、多くのダイビング客が渡し舟に乗り込んでいた。

僕は天秤《てんびん》の先の針にアオイソメをつけた仕掛けを一本投げ、その後、サビキ釣りの仕掛けを作って岸壁の足元に落とした。

アミエビに集合エサを混ぜた撒《ま》きエサを柄杓《ひしやく》ですくって丹念に撒く。

しばらくして、小魚の群れが撒きエサに集まりはじめ、竿先《さおさき》に当たりが来た。リールを巻き上げるとウルメイワシが、サビキの針に鈴なりになって上がってきた。

そのうち、元気の良さそうなウルメイワシの鼻先に針を掛け、そのまま海に投入する。磯竿についたリールのドラグをゆるめ、小魚の気の向くままに糸を出す。生きた小魚をエサにして大物を狙う泳がせ釣りである。

二本の竿を竿掛けに立てて放りっぱなしにして、泳がせ釣りと干物用に、そのままのんびりとサビキ釣りを続けた。

小一時間ほどして、そろそろ泳がせ釣りの小魚を交換しようかと思った時、ジィィィィとリールが逆回転して、すごい勢いで磯竿の釣り糸が沖に向かって出て行った。

どうやら小魚になにか大きな魚が食いついたようだ。

生きた小魚をエサにする魚の習性として、一度口にしたエサを吐き出す場合がある。僕は早く釣り上げたい気持ちをぐっと抑えて、獲物が小魚を完全に飲み込むのを待った。

少しして、ひときわリールのドラグが大きく鳴り、糸が一気に三十メートルほど沖に出た。

僕は竿を取り、リールのドラグを締めて一気に合わせた。

竿が弓なりに大きくしなり、竿先からびんびんと魚の感触が伝わってくる。

掛かった！

ここでバラしては元も子もない。糸を出し、そしてまた糸を巻き、慎重にやり取りをして針に掛かった魚が弱るのを待つ。

五分ほどして、ようやく網に収まったのは形の良いイサキだった。

何日か冷蔵庫で寝かせてから、刺身で食ったら美味《うま》そうだ。

その後、投げ釣りで四十センチほどのカレイを釣り上げ、午前十時を過ぎて潮が止まったのを合図に、僕は竿を収めた。

漁港近くに古くからある『さかなや食堂』で早い昼食を取った。名前の割に魚のメニューがほとんどない、かつ丼とラーメンが美味《おい》しいおもしろい食堂だ。

家族で経営していて、八十は過ぎたであろう爺《じい》さんが、スクーターに乗って元気に出前をしている。

その後、車で土肥まで戻り、後部座席に放り投げていたナップザックに最小限の装備だけ突っ込んで僕は西伊豆歩道を仁科《にしな》峠方面まで歩いた。

途中、富士山の雄大な姿を駿河湾越しに眺めて思わず息を呑《の》んだ。

天気も良く、秋の風も澄んでいて気持ちがいい。

西伊豆は海も山も楽しめる、僕にとって格好の遊び場なのである。

秋の晴天の下、釣りもハイキングも楽しんで、僕は予約していた宿に入り、掛け流しの熱い温泉に体をのんびりとゆだねた。

夜は、土肥を訪れるたびに寄らせてもらう小さな居酒屋で、鯵《あじ》の刺身と焼きイカを肴《さかな》に一杯やった。

いい心持ちになったところで、居酒屋から歩いて数分のところに建つ宿に戻り、軽くもうひとっ風呂《ぷろ》浴びてから、布団に包《くる》まって夜明け前まで熟睡した。

翌朝、夜明けと共に宿を出て、宇久須《うぐす》漁港を目指した。

昨日の道をたどるように国道百三十六号を南下して、トンネルを抜け、宇久須の名物である小鯵寿司《ずし》の店を見て交差点を右折する。

漁港の沖に張り出した防波堤は、先端に小さな赤灯台が建ち、青物の好釣り場になっているが、防波堤の周りに大型のテトラポッドが敷き詰められているため、例によって僕は近づかない。

その防波堤の手前に広くフラットな堤防があり、そこが僕のお気に入りの釣り場である。

サビキ釣りで小鯵やイワシ。投げ釣りでキスやカワハギ。時期が良ければ泳がせ釣りでスズキが狙える、なかなかのポイントだ。

堤防の先端に陣取り、投げ竿を二本セットして、僕はサビキ釣りの準備をはじめた。

昨日と打って変わって、空には鈍い色の雲が広がり、いつ雨が降りはじめてもおかしくない天候だ。

曇り空の下、サビキ釣りでイワシや小鯵は面白いように釣れるのだが、肝心の投げ竿には一向に当たりが来ない。

三時間ほど頑張り、何度もエサをつけ変えて仕掛けを投げたが、小ぶりのキスが一匹、いつの間にか針に掛かっていただけで、これはという当たりが竿先を揺らす前に、とうとう雨が降りはじめた。

空はいっそう暗くなり、雨が止む気配は感じられない。

釣果も期待できそうもなく、今日はもう釣りをやめることにして、僕は釣り竿をしまい、濡《ぬ》れネズミになる前にすべてを片づけて車の中に入った。

宇久須漁港を後にするころには、雨は本降りになっていた。

宿に戻るには、まだ十分すぎるほどの時間がある。土肥といえば金山があまりにも有名だが、なにしろ母の実家が土肥なのだから、子供のころから金山に飽きるほど行っていた。いまさらひとりで、ゆっくりと訪ねる場所でもない。

八木沢を通り過ぎ、土肥に向かって車を走らせるうちに、土肥近辺に点在する古刹《こさつ》の中に、土肥温泉発祥の地になっている『まぶゆ』と呼ばれる温泉が湧く寺があると、昔、母に聞かされたことがあるのを思い出した。

温泉の土産物屋でタバコを買ったついでに寺の名前を聞いてみると、それは釈迦《しやか》如来を本尊とする曹洞《そうとう》宗の安楽寺《あんらくじ》だという。四国八十八ヶ所巡礼を模した、伊豆八十八ヶ所霊場巡りの八十六番札所になっているそうだ。

バケツを引っくり返すような雨の中、僕はその安楽寺を訪れることにした。

土肥の温泉街から奥まったところに建つ安楽寺は、山門の入り口に樹齢千年余と伝わる楠《くすのき》の大木が、天を突くように聳《そび》え立っていて、それが激しい雨に濡れて神々しさをいっそう引き立てていた。

境内に入ると小さな池があり、そのほとりに子育て地蔵が鎮座していた。

本堂で御朱印をもらい、境内の奥にあると住職に教わって、傘を差してまぶゆに向かう。

いきなり湯が湧いている場所が現れるかと思ったのだが、たどり着いた先には狭い洞窟《どうくつ》が待っていた。この洞窟そのものが、金山の坑道として掘られたものであり、掘った時に湧き出た温泉が土肥温泉の発祥になったのだそうだ。

まぶゆというのは、温泉を発見した間部《まぶ》彦平《ひこべい》に因《ちな》んでついた名前だという。

狭い坑道に入るとすぐ横に木造りの浴槽があり、そこにこんこんと湯が湧いていた。

いまでこそ入浴することは禁止されているが、その昔は多くの人が薬効を求めて入浴したそうだ。

坑道はさらに奥に続いている。

手掘りの壁をなぞりながら、やわらかな灯《あか》りに照らされた坑道を進むと、やがて行き止まりになり、その先に女陰形の御神体を祀《まつ》る小さな夫婦神社が建っている。

その前に、ひとりの少女が、こちらに背を向けてぽつんと立っていた。

背格好から見て小学校の低学年くらいだろうか。

ショートカットの黒髪に小さな青いリボンをつけて、短いスカートを穿《は》いている。

地元の子供だろうか。それとも家族連れで観光に来て、何かの拍子にここでひとりになってしまったのか。

まぶゆのいわれ、そして最深部にある神秘的な御神体と、その少女の姿があまりに不釣り合いで、僕は少女を見つけたところで足を止め、声をかけた。

「おじょうちゃん。どうしたの？」

その声に振り向いた少女の顔を見て、僕は思わず声をあげそうになった。

子供のころ、その昔は田畑の用水に使われていたという大きな池と、それを囲む森のすぐ側に僕は暮らしていた。

その池を見下ろす高台に、僕が通っていた小学校があり、学校が終わると毎日泥んこになって、ムクドリが群れになって森の巣に帰るのを見届けるまで遊んでいたものだ。

僕の家の近所に由美子ちゃんが住んでいて、小学校に行く時も、そして遊び終わって帰る時も、いつもふたりは一緒だった。

その日の放課後も、僕は友達と校庭を走り抜けて高台を駆け下り、池の周りでかくれんぼをして遊んだ。

もちろん由美子ちゃんもいっしょだった。

その事件は、僕がかくれんぼの鬼になった時に起こった。

大きな池とそれを囲む森といっても、一年中遊んでいる庭のような場所だ。隠れる場所も見当がついている。

十分も経たないうちに、僕は五人の友達を探し出した。

残るはあとひとりだ。由美子ちゃんである。

ところが、その由美子ちゃんがなかなか見つからなかった。いつも隠れそうな場所を探しても見つからない。いくら探しても見つからないのだ。

最初は囃《はや》し立てていた、僕に見つけられた友達もだんだん不安な顔になり、そのうち一緒に探しはじめた。

かくれんぼの鬼だった僕は責任を感じ、なにより見つからないのが由美子ちゃんだったこともあって、泣き出しそうな顔になって探しつづけた。

やがて、子供ながらに事の重大さに気づきはじめた僕たちは、それぞれの親を呼んだ。

しかし、大人が一緒になって探しても、由美子ちゃんは見つからず、微《かす》かな声さえも聞こえなかった。

ついに警察まで出動する事態になり、何日もかけて山や池の捜索が行われたが、何日経っても由美子ちゃんの行方はわからなかった。

何十年も昔の、森に囲まれた小さな町の話である。

まだ、そこに住む人々の心の裡《うち》に、『神隠し』という迷信じみた言葉が残っていたような時代だ。

警察の捜索はその後も続いたが、けっきょく由美子ちゃんは、かくれんぼの最中に忽然《こつぜん》と消えた女の子として、いつの間にか町に住む人たちの記憶の奥底にしまわれてしまった。

由美子ちゃんのことが大好きで、かくれんぼの鬼の時に見つけることができなかった僕以外の人たちにとっては。

まぶゆの最深部に祀られた御神体の前に、あの時の由美子ちゃんがそのままの姿で立っていた。

なぜ？

なぜ、子供のまま？

なぜ、ここに？

お母さんの実家が八木沢だから？

やっぱり、由美子ちゃんはあの池に消えたの？

ずっと忘れることができなかった由美子ちゃんの姿を目の前にして、僕の心が音をたてて少年時代に戻っていくのがわかる。

そんな僕を、由美子ちゃんが上目遣いに、しかし優しい目でじっと見ている。

「すう君……」

お互いに見つめ合ううちに、由美子ちゃんが口を開いた。すう君というのは、子供のころの僕のあだ名だ。

「由美子ちゃん」

僕の心が子供に戻る。

桃色の頬をした由美子ちゃんが、さくらんぼのような口を小さく開けて言った。

「すう君……早く言って」

僕は何十年もの間、心の中にしまっていたひと言を、わんわん泣きながら大声で叫んだ。

「ゆみこちゃん。みーつけた」

その瞬間、金粉のような細かい塵《ちり》が坑道の中に微かに舞い、その中に由美子ちゃんの姿が包まれた。

ほっとしたように、由美子ちゃんが急にあのころの笑顔になって僕を見つめ、小さく舌を出したまま、霧のように静かに消えた。

神秘的なまぶゆの坑道に、僕の泣き声がいつまでも響き渡っていた。

仙気の湯

長野県の松本は、北アルプスの登山基地であるとともに、松本城を囲む古くからの城下町でもある。

その松本から、ごく近いところに浅間《あさま》温泉がある。

その浅間温泉に、残念ながら閉店してしまった『みやまそば』という老舗《しにせ》の蕎麦《そば》屋があった。

地元の人たち御用達《ごようたし》の店で、蕎麦屋でありながら、ラーメンもメニューにあり、店を訪れる客の八割近くが、ラーメンとざる蕎麦のセットという、なんとも不可思議な注文をする店だった。

蕎麦が美味《うま》いのはもちろんだが、シンプルなラーメンも美味かった。やはりそのあたりに湧く、北アルプスからの湧き水がその味を引き立てていたのだろう。

僕は昔、北アルプスの山を縦走した後に、必ずこの店に寄ってセットメニューを食べ、その後、ぶらぶらとひなびた温泉街を歩いて腹をこなし、温泉に浸かって帰路についていた。

その当時でも、店を仕切る夫婦はけっこうな年だったように思う。年齢のこともあって店を閉じてしまったのだろうが、返すがえすも残念に思う。

浅間温泉は、平安時代に豪族の犬飼《いぬかい》氏によって開湯されたと伝えられている。江戸時代は松本藩の高級武士たちが利用する絢爛《けんらん》豪華な温泉施設だったそうだ。自ら進んで歴史を学ばなければ、そのころの栄華など想像もつかないほど、現在の浅間温泉は静かな温泉街に装いを変えている。

その浅間温泉に、昔からある公衆浴場がある。温泉街の山側にある『仙気《せんき》の湯《ゆ》』だ。江戸時代創建の歴史ある温泉だが、最近、二階建てに建て替えられて昔の面影はなくなったと、松本に住む友人が教えてくれた。

江戸時代からの共同湯で、浅間温泉にしては珍しく、東京の湯のように温度が高い。仙気の湯と名がついているが、実は疝気《せんき》に効くといわれる名湯である。疝気とは漢方用語で、胃炎や胆石、あるいは腰痛などが原因となる下腹部の痛みの総称である。胃腸に効く温泉というのはよく聞くが、効能を疝気に特定しているのが面白い。

アルカリ性単純泉の泉質は、口に含むと微《かす》かに塩分を感じる。海のない松本に、このような泉質の湯があるのもまた不思議で興味深い。

入り口を入ると、銭湯そのものの佇《たたず》まいで入湯券を買って番台に渡す。

湯船に入ると確かに熱い。おそらく湯の温度は四十四度くらいあるのではないか。

透明な湯に、細かい湯の花が舞っている。

温泉街の洒落《しゃれ》た日帰り温泉施設を利用するよりも、街中の銭湯のような佇まいが好きで、僕は浅間温泉に寄ると、必ずこの温泉に立ち寄っていた。

いまから十五年ほど前、岐阜側から焼岳《やけだけ》に登り、西穂高岳まで縦走して、長野側の上高地に下りた帰りに、浅間温泉のこの湯に寄ってゆっくりと汗を流した。

温泉を出て、入り口脇のコンクリートに腰をかけ、火照《ほて》った身体を冷ましながら、一眼レフカメラのフィルムを交換していたら、ひとりのおばあさんが杖《つえ》をつきながらゆっくり近づいてきた。

僕を目指して、歩いて来ているのがすぐにわかる。

僕は思わずうつむいてしまった。

僕は極端な人見知りである。

そもそも、こうして一人旅に出るのも、日ごろの人付き合いにほとほと疲れ、とにかく人との関わりを断ちたくなるからなのである。

ところがそんな人間に限って、一人旅に出るとやたらと人が近づいてくるのだ。

長野側から立山連峰を縦走した時もそうだった。

トロリーバスで観光客といっしょに黒部ダムまで進み、ダムの上の遊歩道をそのまま突っ切り、ロープウェイでさらに上を目指す。

ロープウェイ乗り場を目指して遊歩道を歩いていると、向こうから走って来た小学校低学年くらいの男の子が僕とすれ違いざまに、風に帽子を飛ばされた。

風に乗ったその帽子は、遊歩道脇の側溝まで飛んでいった。

男の子は突然自分の頭から消滅した帽子の所在がつかめず、あたりをキョロキョロ見まわしている。

帽子が飛んでいった先を見ていた僕は、男の子に声をかけた。

「とってやろうか？」

何気なく僕は声をかけたのだが、そのとたんに大変なことになってしまった。

それまで、遊歩道で自由気ままに散らばって黒部の景観を楽しんでいた観光客の群れが、突然動いたかと思うと一斉に僕の前に列を作ってしまったのである。

なにがなんだか訳がわからず呆然《ぼうぜん》としている僕に向かって、列を作った観光客がみんな手に手にカメラを持ち「お願いします」と声をかけてくる。

僕にシャッターを押してくれと言うのだ。

子供に向かって「取ってやろうか」と言った僕の言葉を、シャッターを押してもらえる人を探していたカップルや家族連れが「撮ってやろうか」と言ったと勘違いしたらしい。

行きがかり上、シャッターを押さざるを得なくなってしまった。あっち、こっちに移動しては、幸せそうな被写体に向かって、「はい、チーズ」などと、心にもない声を出し、引きつった笑顔でシャッターを切る。

僕はいったいなにをやっているんだろう。

結局、十分以上もにわかカメラマンになってしまった僕は、計画していたロープウェイの搭乗時間に大幅に遅れてしまった。おまけにシャッターを切った一組の老夫婦とロープウェイに同乗する羽目になってしまい、立山の玄関口である室堂までの長い時間を、今度はにわかガイド兼カメラマンとして採用されることになってしまったのである。

さて、仙気の湯から出てカメラをいじっていた僕に近づいてきたおばあさんは、僕が予想した通り、当たり前のように僕の横にゆっくりと腰掛けた。

「カメラだね」

カメラを持った僕の手先を見ながら、まるで昔からの知り合いに話しかけるようにおばあさんの口が動く。

「はい」

一人にしてくれと心の中で叫びながら、満面の笑みを浮かべておばあさんの方を向く。

また、悪い癖が出てしまった。

「じいさんが三年前に死んでね」

おばあさんが話しはじめる。

そして当たり前のようにはじまったのは、おばあさんの長い歴史物語である。

関東大震災の話、大戦の空襲の話、千葉から松本に引っ越してきた話、旦那《だんな》さんとの馴《な》れ初《そ》めの話、結核になった話、子供の話、孫の話、そして旦那さんのお葬式。

結局、亡くなった旦那さんが愛用していたカメラに、三年経ったいまもフィルムが入ったままになっていて、ずっとそれが気にかかっているのだが、自分は機械に疎いので、フィルムの取り出し方を教えてほしいという、おばあさんが本来聞きたかった話を引き出すのに三十分もかかってしまった。

さあ、今度はフィルムの取り出し方を教える番だ。ゆっくりと、そして何遍も。

長々と説明したあげく、歩きはじめて一分も経てば忘れてしまうからと訴えられ、けっきょくおばあさんの家まで行ってカメラからフィルムを取り出し、その上、そのフィルムを写真屋に出すところまで頼まれてしまった。ひとりを満喫したくて旅に出ているのに、なんで毎回こんなことになってしまうのだろう。

おばあさんがひとりで住んでいるという家は、仙気の湯から十分ほど歩いた山の麓《ふもと》にひっそりと建っていた。狭い庭のある質素な平屋の一軒家は、トタン屋根にもところどころ錆《さび》が浮き、老人ひとりでは当たり前なのかもしれないが、手入れが行き届いていないように見えた。

土間を上がって狭い廊下を通り、その先にあった居間は、必要最低限の物が置かれた居心地の良い部屋で、遠慮なくあぐらをかいた僕に対して、おばあさんは冷えた麦茶を出したり、保存しておいたという野沢《のざわ》菜漬けを出したりせっせと動き、カメラのことなど忘れたかのようである。

ようやく人心地ついて、おばあさんが古いテーブルを挟んで座る。

僕が麦茶を飲むのを嬉《うれ》しそうに眺めながら、仙気の湯の横で長々と話された、おばあさんの昔話がまた最初からはじまりそうなのを察して、僕はできる限り優しく言った。

「ところで、おじいさんが残したカメラを見せてもらえる？」

「ああ。そうだったね」

おばあさんは、少し残念そうな顔をして腰を上げた。

ふすまを開けたままになっている隣の部屋に行き、桐の箪笥《たんす》からおばあさんが取り出してきたのは、なんとドイツのカメラメーカーであるライカが製造した、一九五〇年代の最高傑作といわれ、いまだにカメラマニア垂涎《すいぜん》の名品といわれるＭ３だった。

なにしろ、その当時すでに海外でも評判になっていた数ある日本のカメラメーカーが、その性能の素晴らしさに、開発方針をこぞって一眼レフカメラに切り替えるきっかけになったほどの名品である。

恐るおそる手に取ってみると手入れも行き届いていて、おそらく購入した当時でもかなりの値段がしたのではないかと思える一品だ。

ただし、昔のカメラなので、仕組みは比較的単純で、フィルムがすべて巻き上げられていることだけを確認すれば、あとはボタンを押して、背の蓋《ふた》を開けるだけだった。

取り出したフィルムを、おばあさんが興味深げに覗《のぞ》き込む。

「思い出したよ。それがフィルムとかいうやつだね。昔、じいさんがそんな形をした物を散歩がてらに写真屋に持っていっていたっけ」

「とても高価なカメラですよ。おじいさんは、さぞかしカメラが好きだったんですね？」

「好きだったねえ。浅間の温泉や美ヶ原の温泉から山の景色を写真に撮っては、自慢げにあたしに見せたもんだけど、素人目に見ても下手な写真だったね」

「そんなことはないでしょう」

「それが本当に下手くそだったんだよ。あたしが撮ったほうが上手なんじゃないかと思うくらいね。でもそれを自慢げに、そして嬉しそうにあたしに見せるんだ。そんなじいさんだったよ」

「よっぽど、カメラが好きだったんですね。写真だけじゃない。年代物のカメラなのに、しっかり手入れが行き届いていてカビひとつない。わざわざ桐の箪笥にしまったのも、おじいさんでしょう？」

「そうだったかもしれないねえ。何がそんなに大事なのか、あたしにはわからないけどねえ。でもまあ、じいさんが大切にしていたものだから捨てずに取っておいたよ」

「そんなことを言って。おじいさんが大切にしていたカメラだから、中に入っているフィルムのことが、ずっと気になっていたんでしょう？」

「そういうことは、女性にはっきり言うもんじゃないよ」

「女性って……おばあさん」

「なんだよ」

おばあさんが、可愛らしく口を尖《とが》らせた。やっぱり女性はいくつになっても女性だ。

「じゃあ、このフィルムを写真屋さんに持っていくね」

「よろしく頼むよ。温泉の通りにある床屋のそばに、じいさんが若いころから店を開いている写真屋があるから」

「この家に来る時に、坂道の途中にあった店だね。僕は今日帰ってしまうから、できあがったら自分で取りに行けるかい？」

「ああ、大丈夫だよ。浅間温泉の坂道は、あたしの散歩路だからね。じいさんがずっと贔屓《ひいき》にしていた店だから、名前を言ってもらえばすぐにわかるよ。それにしても、いったいどんな写真が写っているのか。じいさんのことだからねえ。仙気の湯から出てきた、綺麗《きれい》な若い女の写真でも写っているんじゃないかねえ。どうせ下手くそな写真だから、撮られた女の子が可哀想だけどね」

そう言って野沢菜漬けを摘《つま》みながら、おばあさんがケタケタと笑った。

それにつられて僕も一瞬笑ってしまったが、それを打ち消すように、慌てて麦茶を口にした。

もう少しゆっくりして行けというおばあさんに手を振って、僕はフィルムを持って平屋の家を後にした。

おばあさんの家で話をするうちに、なんだか体が冷えてしまった。写真屋にフィルムを出したら、もう一度、仙気の湯に入ってから帰ることにしよう。

坂道を下り、いかにも昔から営業している佇まいの、小さな写真屋の引き戸を開ける。

奥から出てきた年老いた主人に、訳を話してフィルムをカウンターに出す。

カウンター越しに、店の主人が不思議そうな顔をした。

「そのおばあさんというのは、野々村《ののむら》のおばあさんかね？」

「そうです。名前を伝えればすぐにわかると言っていました。坂の上にある一軒家のおばあさんです」

主人の顔色が一瞬変わった。

「あんた、温泉に入って、湯あたりでもしたんじゃないかね？」

「なにがですか？」

「あの家には、いまは誰も住んでいないはずだよ。三年ほど前にご主人が亡くなった後、後を追うように奥さんも亡くなったからね。この温泉地も昔のような賑《にぎ》わいがないし、なにしろ古い家だから買い手がつかずに、廃屋になったままのはずだよ」

「そんな……でもこうして、僕はおばあさんからフィルムを預かってきたんですよ」

写真屋の主人はそのフィルムを手に取り、一瞬、気味の悪そうな顔をしながらも、僕の顔を見て言った。

「不思議なこともあるんだねえ。生きているはずのない人からフィルムを預かり、あんたはそれをここに持ってきた。あの奥さんは、ご主人が最後に撮った写真が、よほど気になっていたのかもしれないね」

僕は言葉が出なかった。

「わかりました。このフィルムはうちで現像しましょう。でもできあがっても渡す人がいないな。まあいいか。野々村のご主人は、ずっとうちをご贔屓にしていてくれていたから、できあがった写真は、うちで大切に保管しますよ」

キツネに抓《つま》まれたような気持ちのままフィルムを渡し、僕はおばあさんの家をもう一度訪ねることなく松本に戻り、高速バスに乗って横浜に帰った。

一週間後、フィルムを預けた写真屋の主人から電話があった。現像したフィルムには、浅間温泉の坂道で、満面の笑みで写っているおばあさんが、素晴らしい出来栄えで写っていたそうである。

あとがきに代えて

三面鏡

母の顔には傷がある。

形の良い鼻の左側、ほうれい線に沿うようについた、三センチほどの縫い傷である。

若いころ、母は社会人の山岳部に所属していた。

その当時は、けっこう厳しい山にも登っていたらしい。

しかし、その顔の傷は、山で負ったものではない。

母が言うには、幼児のころの僕は、とにかくよく笑う赤ん坊だったらしい。

特に鏡が大好きで、そこに映った自分の顔を見ては、きゃっきゃっと笑い、ひとり遊びをしていたそうだ。

その日も、母がいつも化粧をする時に使う三面鏡につかまり立ちをして、鏡を見ながら声を立ててひとりで笑っていたという。

ところが、その様子を見ていた母が、いつもと笑い方がまったく違う気がして不安な気持ちになり、裁縫をしていた手を止めて、僕に向かって駆け寄ったそうだ。

そして、笑いつづける僕を後ろから抱きしめようとして、そのまま三面鏡に突っ込んで顔を切ったのである。

三面鏡の正面に突っ込んだはずなのに、不思議なことに、正面の鏡にはなにも起きず、なぜか左右の鏡にひびが入り、その欠片《かけら》で鼻の脇を切ったのだそうだ。

実をいうと、僕はその時のことをいまでも覚えている。

なぜなのだろう。最近は、昨日食べた夕食がなんだったのかさえ、なかなか思い出せないのに、物心つく前のことを、僕は色々と覚えているのだ。

まだ立ち歩きができなかったそのころ、僕は大好きな三面鏡につかまり立ちして、鏡を覗《のぞ》き込んだ。

鏡の真ん中に、変な顔をした自分が映っている。その顔を見て僕は笑った。

今度は右の鏡を見る。

そこには、自分ではなく、髪の長い綺麗《きれい》なお姉さんが映っていた。

びっくりして一度正面を向き、左の鏡を覗き込む。

僕の顔は映っていない。そこには、おかっぱ頭をした、僕より少しだけ年上に見える可愛い女の子が映っていたのである。

ふたりとも、とても優しい顔をして僕を見ている。

左と右の鏡に映る女の人を何度も見ているうちに、そのふたりがにっこりと笑って、鏡の中から僕に向かってゆっくりと手招きをしはじめた。

ふたりともあまりに優しそうなので、どちらに行こうかと迷った瞬間、鏡越しに母の顔が見えた。

その顔を見て、やはり母がいいと思って振り返ると同時に、母が僕の体をすり抜けて、そのまま鏡に顔から突っ込んだのだ。

顔を血だらけにした母に、大泣きしてしがみつきながら見た左右の鏡には、細かいひびが入っていて、髪の長い綺麗なお姉さんも、おかっぱ頭の女の子も消えていた。

その後、僕は生死に直結するような大病を何度も患い、そして大きな事故にも遭遇しながら、不思議なほど元気にいまも生き続けている。

「この傷が、いまのあなたを育てたのよ」

今年、八十五歳になる母は、顔を合わすたびに、その傷を撫《な》でながら僕に言う。

歳を取るたびに、母の鼻が高くなってきていると思うのは、さすがに気のせいだろうか。

解説

川《かわ》上《かみ》洋《よう》一《いち》（生物多様性ライター）

『山の霊異記　ケルンは語らず』を読みながら思い出したのは、一人で山に登り始めた頃の感覚である。もともと登山という行為には興味はなく、「虫屋」として昆虫を本格的に追い求め、行き着いた先に過ぎないのだが、そこは恐ろしい領域だった。雑木林すらない街で育ったせいか、すでに中学生になっていたにも拘らず、暗い木立の間からは何者かがじっと窺っているようだし、岩陰からは危険な獣が飛び出して来そうで、いくらでも妄想が広がる。常に怯えながら獲物を探し、目的の虫が採れれば山頂には目もくれず、さっさと来た道を引き返したものだ。

近代登山文化が渡来する以前の日本でも、山は間違いなく恐ろしい未知の領域だっただろう。信仰や修験の対象となるか、獣や魚、山菜といった生活の糧を求める以外に、わざわざ登るような場所ではない。とくに奥山には神仏の威光も届かず、名も知らぬ獣や妖怪が跋扈《ばっこ》し、説明がつかない不思議な現象も起きる。山が人間への敵意に満ちた場所として認識されていたことは、さまざまな伝承からも明らかだ。

かつて東北地方の朝日連峰で、ゼンマイ採りの老人を取材したことがあった。ハイキングに出かけるような小さなザックに最低限の装備と弁当を持っただけで、暗いうちから家を出て、登山だったらベテランしか近寄れないような源流の雪渓まで地下足袋で登りつめる。そして自分で背負えるだけの収穫を得たら、午後早くには家まで帰って来てしまう。近代登山とはあまりに違う、一撃離脱戦法のような行動パターンには驚いた。

彼らにとっての山は、楽しむために訪れるものではない。危険を冒すだけの価値ある糧を手に入れに行くために存在し、用事が済んだら一目散に安全な家へと帰ってくるべき場所のようだ。これは元「虫屋」として強く納得できる。

山菜やキノコを採りに行って遭難してしまうニュースは、現代でもたびたび聞く。装備もお粗末で、位置情報すら伝承と経験でしか確認できなかったような時代には、ちょっとした油断がたちまち死を招いたに違いない。山から無事に帰れることを切実に祈る気持ちは、各地の猟人《かりゅうど》の間に残る山の神信仰に基づいたしきたりや、山道に祀《まつ》られた古い石の神や仏からも想像できる。

これに対して本書に登場するのは、いかにも「山屋」らしい人々である。彼らは山で活動することを心の底から楽しみ、そこに身を置くことに安らぎを感じ、時には果敢にも困難に挑んでは達成感に満たされる。山への恐怖心など、初めから持ち合わせていなかったかのようだ。

ちなみに「山屋」という呼称は、一般には馴染みが薄いかもしれないが、「八百屋」「床屋」「呉服屋」のような生業についての表現ではない。とくに自然科学の世界では「虫屋」「鳥屋」「地質屋」「天文屋」といった使い方をされる。これは単に専門分野というより、できることならソロバン勘定抜きでも、対象についてだけ考えていたい強い愛着を含んでいる。自称する場合が少なくないのは、知識や経験の豊かさを自負するのと同時に、のめり込んでいる自分に対する照れ隠しのニュアンスもあるだろう。

もちろん山屋も「山の怖さ」をよく口にする。道に迷ったり、滑落、落石、天候の急変といった危険が、登山には常につきまとう。しかし、それを予想し、十分な知識や技術、装備によって克服することは、合理的に考えて可能だ。むしろ、そうした困難を乗り越えて目的地に達した時ほど高揚感が強く、次の山を目指すことにもつながっていく。危うく遭難しかけた体験が、武勇伝のように語られることも少なくあるまい。

自分自身の体験を振り返ってみても、高山性の昆虫を追って3000m級の山々まで足を延ばしたのをきっかけに、興味の対象が登山そのものに移っていくと、不思議にも山への恐怖心は失われていった。人並みに夏山の名山巡りや縦走から始まり、やがて冬山や残雪期のスキー登山にまで活動の範囲が広がる頃には、山は他に替えがたいほどの驚きと喜びをもたらしてくれる場所となった。「虫屋」の山に対する意識は、いっぱしの「山屋」のそれへと、いつの間にか変化していたのである。そんな山屋たちが、山での恐ろしい体験にただならぬ関心を持つのはなぜだろうか。怪談の類いを山の仲間や先輩から聞いた経験は誰にもあるだろうし、山岳雑誌でも人気のある話題として昔から繰り返し記事になってきた。「山の霊異記」がシリーズを重ねているのも何よりの証拠だ。

たしかに登山には、怪談に結びつきやすい、遭難という生死にかかわる事例が身近にある。たびたびメディアにも大きく取り上げられ、山屋ならずとも広く人々の関心を集めてきた。山岳遭難をテーマとした一般読者向きの文学も、新聞連載小説から映画やＴＶドラマにまでなった井上靖の『氷壁』のように数多い。そこで描写されるのはより高みを目指そうとする強い意志と、それを無慈悲に打ち砕く自然の力である。そして読後感として強く残るのは、目的を達成できなかったことへの無念さだ。

この本に収録された作品のなかにも、「奥又白池の残影」や「足」、そしてタイトルにもなった「ケルンは語らず」のように、死者が残していったであろう想いをテーマにしたものが少なくない。人の無念が怪談として描かれることが多いのは、古今東西で共通である。残した想いが強い余り、時には祟りとなって災いを及ぼしたため、祀られるようになったという言い伝えは、聞いたことがない人の方が珍しいだろう。

しかし現代の山屋は、こうした因縁めいた話からはむしろ縁遠い存在のように見える。明治時代に欧米から紹介された近代的な登山についての考え方は、スポーツであり、自然観光であり、体を鍛え心を豊かにすることを奨励する。山は人を成長させるための絶好のフィールドであるという意識は、多くの山屋のコンセンサスであるに違いない。

本書に登場する山屋たちが感じているのは、昔の日本人が感じていたような山の敵意ではない。例えば「鈴の音」でも、自然に潜む恐ろしさに改めてゾッとするのは、ふと耳にした噂話から自らの体験を振り返った後のことである。しかも惨劇と想像できる事態を招いたのは、どうやら人間のようだ。

そう考えると疑念が浮かんでくる。実は山で語られる恐怖とは、山そのものではなく、下界から登って来た山屋自身の中にあるものではないのか。もともと山は人の感情とは関係なく存在してきた。恐怖はわざわざ運び上げられたのかもしれない。

それを象徴する話が「埋まっていたもの」だろう。主人公が感じていた自然のなかに抱かれるやすらぎは、人間が持ち込んだ異常とも思える行動で覆されてしまう。それをきっかけに彼が周囲から強く感じるようになった恐怖は、あくまで人間に対してであり自然そのものではない。自分を含めた人間の存在を忘れかけていたのに、その危険性を突然のように認識させられる。これは森で暮らしていたヒトの祖先が、別の個体に出くわしてしまった時に感じた根源的な恐怖と共通しているようにも思える。

こうした感覚を裏付けるような体験を思い出した。とても褒められた山行ではないが、若い頃に利根川源流から上越国境の山を一人で目指していた時だ。途中で踏み跡を失い、支尾根に取り付いてヤブ漕ぎと岩峰を巻くことを、何日か繰り返すはめになった。携帯電話もない時代でラジオの電池も切れ、自分以外の声を耳にすることもできない。おそらく10㎞四方に他の人間は誰もいなかったに違いない。

そんな孤独そのものの状況にも拘らず、心理的には奇妙なほど平静で、これまで山で困難に直面した時のような高揚感もなかった。朝起きて食べ、排泄し、安全なルートを探して移動し、ねぐらを探して眠る。それはほとんど動物と同じだったのだろう。

ところが、ようやくのことで稜線へとたどり着き、登山道のある山まで抜けることができた時に出会ったのは、これまで体験したことのないほどの恐怖である。文字通り全身が総毛立った。霧の中から現れた自分以外の人間が、こちらに歩いてきたのだ。

本書に登場する山での恐ろしい体験とは、実は日常生活の中では隠れている人間に対する恐怖が、山によって鏡のように映し出されたものにも見える。そう考えながら読み返すと、この本はさらに怖い。

本書は、二〇一八年二月に小社より刊行された単行本を文庫化したものです。

山《やま》の霊《りょう》異《い》記《き》

ケルンは語《かた》らず

安《あ》曇《ずみ》潤《じゅん》平《ぺい》

令和２年　７月25日　初版発行
令和６年　10月30日　３版発行

発行者●山下直久

発行●株式会社KADOKAWA
〒102-8177　東京都千代田区富士見2-13-3
電話　0570-002-301（ナビダイヤル）

角川文庫 22240

印刷所●株式会社KADOKAWA
製本所●株式会社KADOKAWA

表紙画●和田三造

◎本書の無断複製（コピー、スキャン、デジタル化等）並びに無断複製物の譲渡および配信は、著作権法上での例外を除き禁じられています。また、本書を代行業者等の第三者に依頼して複製する行為は、たとえ個人や家庭内での利用であっても一切認められておりません。
◎定価はカバーに表示してあります。

●お問い合わせ
https://www.kadokawa.co.jp/（「お問い合わせ」へお進みください）
※内容によっては、お答えできない場合があります。
※サポートは日本国内のみとさせていただきます。
※Japanese text only

©Junpei Azumi 2018, 2020　Printed in Japan
ISBN 978-4-04-109304-7　C0193

角川文庫発刊に際して

角川源義

第二次世界大戦の敗北は、軍事力の敗北であった以上に、私たちの若い文化力の敗退であった。私たちの文化が戦争に対して如何に無力であり、単なるあだ花に過ぎなかったかを、私たちは身を以て体験し痛感した。西洋近代文化の摂取にとって、明治以後八十年の歳月は決して短かすぎたとは言えない。にもかかわらず、近代文化の伝統を確立し、自由な批判と柔軟な良識に富む文化層として自らを形成することに私たちは失敗して来た。そしてこれは、各層への文化の普及滲透を任務とする出版人の責任でもあった。

一九四五年以来、私たちは再び振出しに戻り、第一歩から踏み出すことを余儀なくされた。これは大きな不幸ではあるが、反面、これまでの混沌・未熟・歪曲の中にあった我が国の文化に秩序と確たる基礎を齎らすためには絶好の機会でもある。角川書店は、このような祖国の文化的危機にあたり、微力をも顧みず再建の礎石たるべき抱負と決意とをもって出発したが、ここに創立以来の念願を果すべく角川文庫を発刊する。これまで刊行されたあらゆる全集叢書文庫類の長所と短所とを検討し、古今東西の不朽の典籍を、良心的編集のもとに、廉価に、そして書架にふさわしい美本として、多くのひとびとに提供しようとする。しかし私たちは徒らに百科全書的な知識のジレッタントを作ることを目的とせず、あくまで祖国の文化に秩序と再建への道を示し、この文庫を角川書店の栄ある事業として、今後永久に継続発展せしめ、学芸と教養との殿堂として大成せんことを期したい。多くの読書子の愛情ある忠言と支持とによって、この希望と抱負とを完遂せしめられんことを願う。

一九四九年五月三日

角川文庫ベストセラー

山の霊異記 幻惑の尾根
安曇潤平

閉ざされた無人の山小屋で起きる怪異、使われていないリフトに乗っていたモノ、岩室に落ちていた小さな靴の不思議。登山者や山に関わる人々から訊き集めた、美しき自然とその影にある怪異を活写した恐怖譚。

山の霊異記 赤いヤッケの男
安曇潤平

赤いヤッケを着た遭難者を救助しようとしたため遭遇した怪異、山の空き地にポツリと置かれた小さなザックから夜出てくるモノとは……自らも登山を行う著者が、山で聞き集めた怪談実話。書き下ろし2篇収録。

山の霊異記 黒い遭難碑
安曇潤平

鐘ヶ岳を登るうちに著者の右目を襲う原因不明の痛み、登山道にずらりと並ぶ、顔が削り取られた地蔵、山の中に響く子どもたちの「はないちもんめ」……山で遭遇する不思議なできごとを臨場感たっぷりに綴る。

山の霊異記 霧中の幻影
安曇潤平

霧の山道で背後からついてくる操り人形のような女性、登山中になぜか豹変した友人の態度、死ぬ人の顔が見えるという三枚鏡。登山者や山に関わる人々から聞き集めた怪異と恐怖を厳しい自然とともに活写する。

幻坂
有栖川有栖

坂の傍らに咲く山茶花の花に、死んだ幼なじみを偲ぶ「清水坂」。自らの嫉妬のために、恋人を死に追いやってしまった男の苦悩が哀切な「愛染坂」。大坂で頓死した芭蕉の最期を描く「枯野」など抒情豊かな9篇。

角川文庫ベストセラー

深泥《みどろ》丘《がおか》奇《き》談《だん》　綾辻行人

ミステリ作家の「私」が住む〝もうひとつの京都〟。その裏側に潜む秘密めいたものたち。古い病室の壁に、長びく雨の日に、送り火の夜に……魅惑的な怪異の数々が日常を侵蝕し、見慣れた風景を一変させる。

深泥《みどろ》丘《がおか》奇《き》談《だん》・続《ぞく》　綾辻行人

激しい眩暈が古都に蠢くモノたちとの邂逅へ作家を誘う。廃神社に響く〝鈴〟、閏年に狂い咲く〝桜〟、神社で起きた〝死体切断事件〟。ミステリ作家の「私」が遭遇する怪異は、読む者の現実を揺さぶる――。

深泥《みどろ》丘《がおか》奇《き》談《だん》・続々《ぞくぞく》　綾辻行人

ありうべからざるもうひとつの京都に住まうミステリ作家が遭遇する怪異の数々。濃霧の夜道で、祭礼に賑わう神社で、深夜のホテルのプールで。恐怖と忘却を繰り返しの果てに、何が「私」を待ち受けるのか――!?

里山奇談　よみがえる土地の記憶　coco　日高トモキチ　玉川数

人の暮らす地と神の棲む山との境界にある里山。そこに息づく動植物の多様さ同様、ここにはさまざまな〝奇しき話〟が存在する。動物、植物、虫、土地にまつわる恐ろしくもなつかしい奇談集。『里山奇談』改題。

京都　恋地獄　花房観音

野心的な女性作家が愛したのは、女癖が悪く、夢を追い続ける映画人だった。彼との思い出が色濃く残る古都で、作家は幽霊が見えるという墓守娘の話に耳を傾ける。それは情念と欲望が絡み合う愛の物語だった。